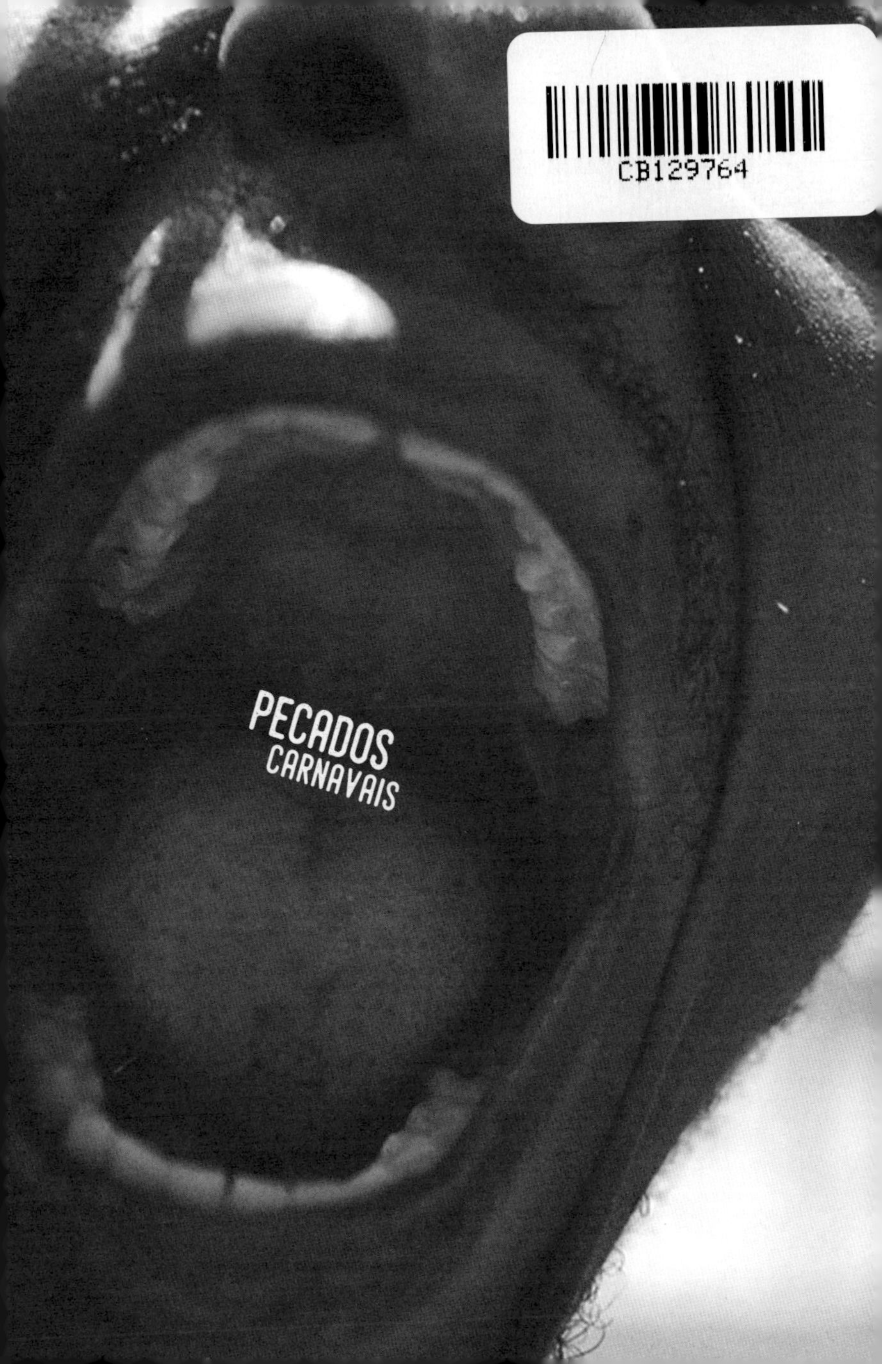
PECADOS
CARNAVAIS

PECADOS CARNAVAIS

contos sobre a folia

Organização: Raphael Guedes

1ª edição | CARAPAÇA | São Paulo | 2018

Sumário

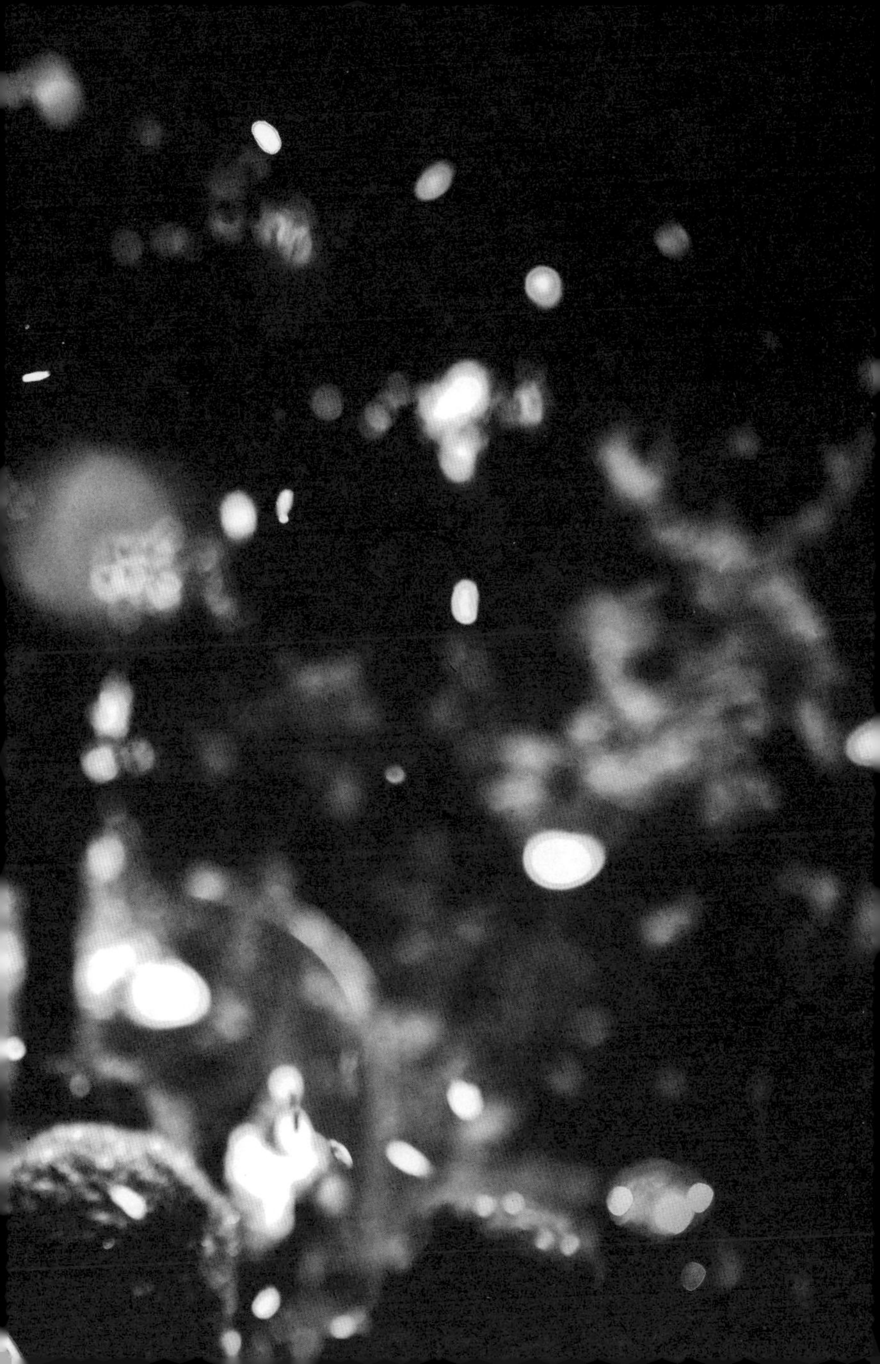

Prefácio

Outra folia literária

Nunca fomos catequizados. Fizemos foi Carnaval.

Com esta frase, escrita há 90 anos em seu *Manifesto Antropófago*, Oswald de Andrade carnavalescamente borrava a fronteira entre profano e sagrado, entre pecado e suposta salvação. O livro *Pecados Carnavais* não chega com a pretensão de um manifesto, mas com a proposta de celebrar a festa na qual carmelitas saem para brincar, na qual orixás se fantasiam de santo. Em intenso diálogo com o tempo presente, chega para questionar o movimento autoritário e careta que nos assola. Nesta antologia que dá sequência ao livro *Amores Carnavais*, lançado em 2017, onze autores escrevem sobre suas percepções de pecado.

Sobre o pecado que é vestir de culpa católica uma jovem cheia de desejos, sobre a ira gerada por um amor não correspondido. Colocam em prosa a proibição à folia, o pecado pesado da homofobia e o pecado leve da inveja de um passista ao ver sua companheira ganhar destaque. Narram heresias como a preguiça de assistir a vida passar feito bloco, como a luxúria esparramada em lençóis improvisados.

Com um olhar literário e crítico, mas sem perder o bom humor que o Carnaval pede, também são apresentados 7 novos pecados. Os tais pecados carnavais desfilam em forma de narrativas breves e provocativas, pequenos retratos da mais brasileira das festas. Apimentados pelas fotos de três fotógrafas cariocas que há tempos registram o Carnaval, os textos aqui reunidos vagueiam entre a realidade pujante e a realidade imaginada, mostrando como os exageros da festa de Momo transformam nossas relações. De volta a Oswald e ao seu manifesto, cujo início anuncia que *Só a Antropofagia nos une*, podemos dizer que só o Carnaval nos une em nossa brasilidade. Que só o pecado nos une em nossa condição humana. Os contos de *Pecados Carnavais* procuram unir as duas pontas desta mesma serpentina.

Raphael Guedes

LEI SECA

Autoritarismo

Pecado Carnaval #1

Tiros e explosões abriram a batida dos cacetetes nos tamborins. Foi a turba de manifestantes que covardemente iniciou a agressão, atirando punhados e mais punhados de confetes nos policiais indefesos. Rasgaram a lei, a ordem e a fantasia. Sem escolha, os policiais deram o seu melhor. Desfilaram bombas de gás, olhos lacrimejando na multidão. E ainda teve o batuque contagiante da borracha das balas e cacetetes. Mas os vândalos, fortemente armados com papéis coloridos, resistiam. Segundo o comandante da PM, alguns deles chegaram a entregar rolos de serpentinas para os policiais jogarem. *Queriam que os soldados maculassem os belos fios elétricos no alto da nossa cidade linda*, declarou. A resposta veio com a Tropa de Choque e bombas de efeito moral naquela coisa imoral. Uma senhora que passava no local teve que sambar para não ficar refém da folia dos baderneiros. *Eu vi duas garotas agredirem os policiais com confetes. Se dizem canhotas, mas são esquerdistas que eu sei*. Antes do final da tarde, a polícia já havia secado a chuva de confete. Na dispersão, uma nuvem de manifestantes ainda meteu-se a percorrer a cidade. Alguns grupos foram vistos atirando confetes nos muros cinzas e gritando: *Linda*. Na Marginal Tietê, motoristas flaglaram outros manifestantes jogando confetes nos carros que passavam acima de 70 km/h, entoando frases e cartazes: *Acelera* e *Nenhum acidente a menos*. Um par de sandálias foi preso e uma moça perdeu um tapa-sexo.

POLICE
POLICE

Raphael Guedes

Quando o bloco passa

Mensagem do amigo que não bebe, da amiga que conhecia todo mundo, aquele bloco começando, vem. Camisa branca amassada, calça zíper aberto, acordou assim. Olhou as migalhas na cama e o prato com as sobras do pernil no criado mudo, onde o celular trepidava.

Não pegou pasta de dente dentes mais brancos, nem escova automática que fazia tudo sozinha não pegou. Banho para quê, desodorante basta, vou assim ou não vou. Encontrou a irmã já arrumada abrindo a porta para sair, lista de blocos na ponta da língua faceira. Bloco do ET, no Foge que eu te acho só tem gente bonita, depois vou pro Blócolis da galera vegana e tem aquele secreto, não posso te contar.

Pra você tem mais a ver o Maria Mole, mais tranquilo tu não é do movimento, ou aquele que até seu amigo que não bebe vai.

Pedro meteu meia três quartos uma de cada cor, fantasia qualquer coisa sem graça, chapéu de pirata, não sou do movimento. Dentada na torta mesmo fria é boa, bacon é tudo, ainda bem que a empregada sabe cozinhar. Pensou no uber, 99, frila não pagou vou de ônibus tudo bem. O primeiro a passar foi o 377, precisava andar 6 quarteirões pra chegar no bloco, esperou outro. Subiu o corpo opulento no 438, direto pro centro, bloco começando, vem. O trânsito parou tudo menos as ideias. Não sabia se gostava ou não da cidade carnavalizada, carro alegórico tem preferência, continuou a pensar, pensar sabia bem. Bate a retrospectiva, ano só começa depois do Carnaval, foi pênalti, foi golpe, foi uma pena não ter dado certo, ainda te amo. 438 parou no local exato, não precisou andar 6 quarteirões, sempre quis lugar exato. Desceu e ranzinzou nas nuvens negras.

O boteco em frente mais era vestiário de atleta de Carnaval. O alongamento para pegar outra lata, a concentração para garantir boa performance, o cheiro de suor. Pedro decidiu entrar no jogo, apoiou-se no balcão e pediu uma da mais forte. Da mais forte para não precisar tomar várias, não precisar ir atrás de ambulante no bloco, amigo me vê uma da mais forte. Antes do boteco ganhar outro atleta havia 40 mililitros de líquido cristalino mais forte que qualquer vontade, ali na frente do Pedro.

Virou em um só gole e foi para a calçada. Bloco vinha vindo, veio sobrinha com tia, mãe com criança, dá licença tem criança, Pedro deu, desceu pra rua, tomou chegapralá do ambulante, dá licença tá pesado, deu, outra licença deu, dá licença, dou. Veio a bateria, tá bonito tem cadência tem trombone, vai-vem da vara do trombone golpeou seu ombro frouxo, mas a dor da solidão é bem pior. Vem pra cá, vai pra lá, dá licença, rodopia, onde eu tô, tô no meio bem no meio, bloco vem vindo vou ficar aqui. E no meio da rua, a 4 metros de cada calçada, bem no meio, meio por acaso meio por vontade Pedro ficou.

Passou a galera do colégio, Fred, Bito, Álvaro, Jorginho me zoava me xingava na 6ª B mas agora deu tapinha no ombro e falou vamos Pedrão. Gostava do Jorge, até convidou para ir para o sítio, feriado 6ª B, mas Jorginho zoava apelidava, ranca toco, paga lanche, boca virgem, com Jorge não vou. Vem Pedrão, ele insistiu e Pedro foi, racharam latão, retomaram a amizade, Jorge pediu desculpas era molecagem agora sou outro, corretor. Marcaram um chopp, comissão boa vem trabalhar comigo mercado aquecido, Jorginho deu as dicas, deu os contatos, ficaram sócios mas Jorge passou.

Passou a amiga que conhecia todo mundo ainda sem o todo mundo, deu um beijinho quase selinho, tentou levar Pedro mas bem no meio ele ficou. Bem no meio da rua passou Monteiro Lobato, Emília, Visconde passou. Passou Didi, Dedé não foi, depois Mussum, Zacarias sorriu e chamou para brincar. Passou Michael Jackson, raio no olho sei que é o Bowie, Axl Rose tá mais ou menos, Lady Gaga, puta gata nem olhou. Passou uma gente liberada, turma grande se pegando, sentiu um dedo, sentiu outro, pai de todos, indicador, mata-piolho, coisa louca, não sabia se liberava para essa gente liberada.

O primo do mesmo avô passou. Avô poeta, vem comigo vovô fez a gente somos poetas, vamos lançar livro conheço editor. Saíram do bloco direto pro bar, me dá uma seleta papel e caneta, vovô fez a gente esse verso é bom. Tá do caralho, estilo Drummond, agora é contigo é só seguir na marcenaria das palavras. Pedro foi morar no sítio, escrevia toda noite, primo dava o caminho Pedro se inspirava, fez 62 poemas, conheceu o editor. Lançou livro foi pra prosa foi pra Flip, não citou primo que zangou que passou.

Bem decotada passou Clarice, da mesa do lado mesmo chefe mesmo salário, falava pouco com ela, às vezes comiam coxinha no meio da tarde. Pedro nunca tinha reparado naqueles seios fartos agora purpurinados. Ela disse ei, você por aqui, vamos, fica parado aí não. Ela passou purpurina no rosto dele, explicou trombone precisa de espaço, contou sobre levada do cavaco, feira de filhotes, retiro espiritual lá em São Miguel um dia te levo, sobre a mãe ceramista e série nova você precisa assistir. Ficaram o tempo todo perto da bateria, depois comeram coxinha em dia sem trabalho, semana seguinte convidou pra sair, saíram uma duas dezoito vezes, conheceu os filhotes o pessoal do canil a mãe ceramista, zeraram as séries, iam para o retiro mas Clarice passou.

Bem no meio da rua o celular saracoteou de novo, Pedro torceu por *match* no *tinder* mas era o amigo que não bebe, a amiga que conhecia todo mundo, cadê tu, a gente tá aqui com Fred, Bito, Álvaro, Jorginho corretor, Bowie, Michael, Emília, Didi, Mussum, teu primo poeta e a Clarice, sim Clarice, ah que pena, quem sabe outro dia, quem sabe outra vida, o bloco passou.

Luis Vassallo

O desamor em 3 doses

... delongo o passo do saber na dança do não dito: bebo para destilar o sangue com os amores alheios. Não leve a mal se destroco o dizer, mas só com o álcool a esponja cardíaca absorve as dores e as desdores dos outros até escorrer em palavras. Basta cascatear a garrafa, a todo volume, no silêncio oco deste copo baixinho e logo transbordo a sherazadear invencionices regadas com os mais verdadeiros acontecidos. Contar é provar a branquinha vidardente de um outro com a goela do nosso sentir. Pecado desexcomungar esse gostinho?

Sim, deita a benção! E se os copos, agora cheios de amizade, dão o lastro para a confiança, irei direto ao ponto de aplacar sua sede e a história de Armandinho e Firmina trarei de um trago. Sabe-se que as histórias disputam entre si, feito os homens, o desejo de ser a mais fabulosa. Pois esta narrativa escolhe-se sempre a mais entre todas e começa já embriagada de amor para ganhar sobriedade em seu desenrolar, feito bebedeira ao contrário.

Firmina e Armandinho conheceram-se na boca miúda do samba, entre os beijos trovejantes da maceta no surdo e os gemidos macios da cuíca. Entre eles, tudo era feito de palavras e miudezas aveludadas, fervilhosas. Logo, só se deitavam com a vida para fazer daquele plural de dois um singular. E prometeram-se um amor que unisse a leveza sutil de um sopro à permanência maciça de uma rocha. O cuidado dobrava-se continuamente, como sucessivos arcos de pedra, e cada um se construía para ser a ponte que chegasse no vazio do outro. Por fim, veio o inevitável: comprometeram o calor fugidio do agora em um para sempre incendiário, de proporções épicas.

Por fora, não havia quem não encontrasse naquele encontro os nomes das coisas mais inomináveis do amor. Por dentro, o efêmero, de tanto olhar-se no espelho, viu-se eterno: a paixão adormeceu nos braços do sem fim e acordou no fiapo convalescente do agora. Pois é nesse despertar que a história começa. Aproxime a garrafa e encha o copo três vezes, que entornarei a contação desse samba-enredo em três doses.

A primeira dose deita-se com a língua e se envaidece com o elogio das papilas, feito Narciso diante do espelho: os egos de todos os sambistas se assanharam quando a escola de samba decidiu abrir vaga para um casal reserva de mestre-sala e porta-bandeira. Armandinho, pés de deflorar salões com sandálias, mãos de bulir cortesias com o vento, enredou-se a sério na disputa. Assíduo aluno do samba, gabava-se de uma dúzia de elogios e de um trofeuzinho na estante: menção honrosa em matinê nos cafundós da Vila Matilde. Alguém talvez lhe disse algo sobre talento e vaticinou um futuro de grandeza na avenida. Bastou para a vontade fazer-se semente e enflorar-se em uma certeza firme e frondosa. Armandinho sabia: tinha tudo para ser bamba, faltava-lhe apenas oportunidade. Agora, o problema era desencontrar uma parceira de dança, pois Firmina não firmava passo algum: uma perna desatinada, desformação congênita de um osso acabrunhado, punha seu andar em balanço de maré alta. O samba nunca pulsara no peito de seus pés. Mas, diante da busca angustiosa do marido, decidiu-se pelo sacrifício: entraria na peleja para exibir o brilho do amado. Seria ela o dedo e ele, o anel cravejado de brilhantes. Como se o amor pudesse lhe pôr tento nos ossos.

Mas não demorou e o ensaio a dois parecia ensaio a um só: as articulações guardavam a memória recente dos encaixes e os movimentos fluíam o esquecimento congênito das marcações. O tempo parecia parar e, ao mesmo tempo, correr no tempo certo da dança dos corpos. A alegria mirava a si mesma nos olhos um do outro, como em um espelho, e deitava-se nas faces a estampar sorrisos. Na evolução da dança, os corpos combinavam os dois lados do amor: a mistura dos dois em um ser único e a liberdade de cada um existir por si só. Tudo permanecia em suspensão diante daquela harmonia. Até o defeito de Firmina parecia desfazer-se, perdido sob a armação que sustentava a leveza de seu vestido.

A segunda dose enfreia-se no precipício da garganta, feito ar diante do susto: veio o dia da primeira apresentação e, terminada a dança, Armandinho abismou-se:

a admiração e os elogios despencaram torrencialmente sobre Firmina. Para ele, nada, nem uma gotinha de consagração, nem um relampejo de êxito qualquer. Só a secura do silêncio que se infiltrou em seu sangue e sambou em seus brios.

Ao voltar para casa, tratou de esconder do espelho a imagem de sua pequenez. Talvez doesse pensar que Firmina pudesse ser escolhida e ele não, pois disse que faria de tudo, tudo e todo o impossível para ser eleito. Pegou de dobrar-se em afinco nos ensaios durante a semana, mas, a cada domingo, voltava da apresentação na escola de samba um pouco menor. Ainda haveria muitos domingos e apresentações antes que a escolha final viesse anunciar-lhe o fracasso, mas recusava-se a distinguir a água do vinho, a ostra da pérola.

Em sua teimosia em aprimorar-se, passou a corrigir Firmina, a mais destacada entre as mulheres, e gostava de apontar uma evolução equivocada ou um passo desmedido, condenando sempre a cabeça muito elevada e a altivez do rosto, na qual encontrava certa afetação. Firmina ouvia sem ouvir e quando contrariava alguma instrução a corredeira da veemência mútua desembocava no oceano da discussão. A discórdia vinha em ondas, apagando as pegadas da antiga harmonia, e a espuma da raiva avançava, sufocando lentamente o amor. A junção dos corpos, que compunham uma plena unidade durante os ensaios, transformou-se em abraço de afogado. E, no calor do bate-boca, uma frase escapou de Armandinho feito brasa que salta da fogueira para deixar uma marca indelével: a vaidade e o egoísmo de Firmina haviam lhe roubado o sonho.

A trégua só veio quando a escola decidiu adiar a escolha do novo casal reserva para depois do Carnaval. Diante do comunicado, Armandinho desencantou-se: atrasava para os ensaios e esquecia-se da vontade ao ver as apresentações, cheio de um desinteresse contagiante. Certo domingo, uma indisposição qualquer lhe atou irremediavelmente à cama. Firmina insistiu para que fossem apresentar-se na escola, mas ele alegou não encontrar forças para o samba. Quando ela afirmou que iria sozinha, as dores subiram-lhe pelo corpo em lugares insondáveis e as lágrimas cobriram sua face com um pedido para que ela não o abandonasse. Reivindicava um mal terrível no fundo do abdome e rondava a barriga com as mãos em busca de um ponto inespecífico de dor, simulando o cuidado que passou a implorar a ela em um tom cada vez mais desesperado, até que Firmina calou o marido ao bater a porta da rua recomendando-lhe um bom antiácido.

Naquela tarde cortada em finas fatias de sol que adentravam o quarto, imagino Armandinho deitando pensamentos entre as minúsculas partículas que se digladiavam, flutuando em direções aleatórias, poeira disputando o espaço nos raios de luz feito o guerrear das vaidades entre os sambistas. Acabaria procurando-se, como se diante de um espelho, e veria a si mesmo naquele sambar caótico, nas colisões desordenadas, na solidão do encontro ínfimo dos pares. Pois tudo é queda, passagem: ímpeto efêmero, sem direção. Banhado por aquela luz que incubava o acaso, atirou os pés nas sandálias e partiu para a escola de samba.

A terceira dose corre faiscante pelas entranhas, feito rastro de pavio, na velocidade daquela notícia bombástica: Leninha, primeira porta-bandeira da escola, passou reto na curva do samba e estabacou-se contra o destino: um carro qualquer, na contramão do Carnaval, deu de levar-lhe a alegria das pernas, desastre em asfalto frígido, poucos dias antes da efusão da avenida.

Cézão, malandro de semear arrepios, contador de mitologias próprias à frente da escola, enfrentou a ausência da parceira, Leninha, no tempo de um susto e nem bem Armandinho havia chegado, anunciou, do alto da posição de primeiro mestre-sala, sua nova companheira de Carnaval: Firmina.

Os gritos, a ovação e a alegria que se seguiram, calaram o senso de Armandinho. Anticrédulo que era, deve ter visto e revisto aquela cena de Firmina e Cézão no palco impoluto – o siso do sorriso, o desembaraço do abraço, as pernas bambas antes de caírem no samba – uma, duas, mil projeções na filmografia da cachola, enquanto o novo casal contagiava o salão com o seu bailar.

Ela se foi, ele inevitavelmente haveria de pensar, me trocou pelo Carnaval pelo sucesso logo será ela e Cézão os dois os dois e o que farei sem uma parceira o que farei se todos comemoram como se eu não existisse e será que não veem não veem que ela é deficiente manca de uma perna e mesmo assim escolheram a ela não a mim uma manca dessas que mal anda mas veja como ela esconde o seu defeito debaixo do vestido como desliza perfeita pelo salão como ilude a todos com seu ar de inocência banal sua maestria em dissimular as falhas em esconder suas intenções ao aceitar ser minha parceira ao me ajudar ela dizia porque era para eu estar lá para eu estar no Carnaval na tevê no triunfo da avenida mas talvez ela não tenha defeito algum talvez tenha também nisso me enganado a maldita aleijada talvez para bulir comigo por todos esses anos fazendo-se de frágil sim pois onde está o seu defeito agora sim pois aleijados não sambam não saem no Carnaval não roubam o brilho dos outros não traem o companheiro e eu podia desmascará-la agora acabar com essa farsa agora descobrir as suas pernas e expor o seu segredo de aleijada-sambista de sambista-aleijada para que todos saibam quem é você para mostrar quem é você Firmina.

Armandinho furou a roda que cercava a dança do mestre-sala e da porta-bandeira, agachou-se furtivamente próximo a Firmina e, num golpe, suspendeu-lhe a dignidade com a qual o vestido a cobria, mas não a expôs por inteiro, paralisou-se no momento em que seus olhos encararam as pernas da moça, à meia altura, em visão solitária: o tempo congelado como a mão que pairava no ar desagarrada do entendimento, a ordem lógica da natureza escapando-lhe pelos dedos, e, então, um rodopio de Firmina, um passo em falso sobre o braço, e o tombo, o estandarte no chão sobre os corpos do casal e a bandeira da escola cobrindo-os ternamente com um véu de silêncio.

Não me peça continuação nesta interrogação de olhos mudos, pois as histórias terminam à seco feito amizade de bar na despedida dos copos. Mas quem sabe ainda haja um rabicho, uma última confissão no brindar da saideira. Arrisca-se nesse desenrolar-se do álcool?

A saideira deságua seu calor na corrente sanguínea feito riacho de realidade em oceano de ficção: nunca mais vi Armandinho. Foi levado com suas coisas e seu amor para um mundo sem samba, sem adeus. Nem sei se me viu sair naquele Carnaval ou em qualquer outro durante todos estes anos de glória carnavalesca em parceria com Cézão. Perdeu-se da minha história deixando-me apenas o engasgar teimoso da solidão. O sucesso tem o prazer passageiro de uma dose acompanhado do sem fim angustioso de um copo vazio. No encontro com o samba, desencontrei o amor. Pois homem é bicho vaidoso e os que querem se sentir grandes exibindo a porta-bandeira recusam a pequenez da deficiente física, os que precisam da deficiente física para se sentir maiores não suportam a grandeza da porta-bandeira. Mas como me queixar: não é da vaidade dos outros que bebe a nossa própria? Isso descobri com Armandinho: traduzir a vaidade alheia em nota dez na avenida. E quantos homenzinhos me fizeram uma grande mulher? Quantas noites e copos destilariam da memória tanta contação? Não, em nada me dobra o arrependimento e deslembro do passado somente o inevitável: naquela noite, de volta para casa depois do tombo, Armandinho me procurou imerso em desculpas e, apesar do amor e do afeto em seus olhos, mandei-o para fora para nunca mais, pois na secura de seu pesar não se encontrava mais a fonte de vaidade da qual eu bebia. Boa noite.

Culpa

Pecado Carnaval #2

Um pouco de Cazuza, um tanto de Caetano, outro de Millôr. Fiz do Olavo uma mistura de todo mundo que eu admirava. Porque era só isso que eu podia, admirá-lo. Bastava algum poste, mureta, qualquer ponto que lhe desse destaque nos dias de festa, que Olavo já trepava, dançava, discursava. Eu ia para o Carnaval só para vê-lo, para ouvi-lo. Educado pelas carmelitas, ordenado nas ruas da Lapa, era padre de Carnaval. E lá estava de novo, em seu altar. Esperou o breque da bateria e, caso pensado, começou como sempre começava, com frase de efeito.

– Pequem, profanem, se amem. Já basta a culpa que eles querem jogar pra gente.

A bateria não voltou. Ele continuou. Acho que olhou para mim. Com certeza ele olhou para mim. Coisa de meia--irmã.

– Essa culpa é pra gente rasgar fácil igual serpentina. Usem o bater do surdo para fazer reverberar o tesão. O amor não é ritual de sacrifício, é natural, é animal, sejam animais, onças, lobos, amantes, borboletas, leões-marinhos, sejam cobras e aranhas. Sejam pássaros e voem sem medo, porque o Carnaval é nosso céu. Chutem o risco tolo que separa os bons dos maus, o certo do errado. A vida é esse Carnaval de tipos complexos e paradoxais. Faça do bar o seu púlpito, do amigo o seu confessionário. Mas não vamos culpar a culpa. Vamos fazer o Carnaval.

Ele me disse tudo isso sem dizer uma palavra.

RECIFE NATAL RIO D

Fernanda Machado

Teto branco

– Que bom que você acordou, está tudo bem, tudo bem – disse a mãe alisando sua testa.

– Que dia é hoje? – perguntou preocupado.

Quero cinco metros desse tecido aqui. Luxo! A lantejoula azul brilhava enquanto o homem de camisa listrada e gola dura desenrolava o tecido apenas com gentileza.

Vou de Iemanjá, Bee! Esse Carnaval vai ser meu. Oxalá! O vendedor riu gostoso de canto, contagiado.

No boteco com as amigas, sonhava. *Olha a* playlist *bafo*. E gargalhava. Se imaginava em cima do trio, se exibindo no farol fechado, em cima de palcos, degraus, balcões, destaque de qualquer esquina da cidade.

Comprou conchas para adornar a cabeça, Clara Nunes em *looping*, taças de plástico para brindar ao triunfo do amor. *Ao triunfo do amor*! Reciclar esse brinde que tanta gente juntou no último Carnaval.

Fez cronograma dos blocos, ensaiou falas, cantadas. Bicos em frente ao espelho. Gargalhava sozinho, contando os dias.

O esquenta vai ser em casa, moro no centro, venham purpurinadas.

Tirou férias para a data. Sem grana para a Europa, a festa dava o mesmo *status*, já que o mundo viria até ele. No sofá da sala, um look para cada dia. Vestia e se amava. *E a maquiagem? Com o calor vai ficar manchada*. Dançava sozinho para testar técnicas de fixação. *Taca laquê no rosto! Romária do salão falou que assim não sai nem no esfrega*.

Montou grupo no *Facebook*, a sobrinha do interior curtiu dizendo que era fã e viva a diversidade.

No Carnaval dava pra passar batom e a boca carnuda valorizava, pensava entre um orçamento e outro nos últimos dias de trabalho.

E os nomes dos esmaltes Deixa Beijar, Cor do Pecado, Vermelho Paixão, Quem Nunca? Nomes oráculos, premonições nas pontas dos dedos que já dançavam eufóricos no teclado do computador.

Lembrou de tantos outros carnavais e elogios, *você está ótima, adorei. Tira uma foto com a gente? Ao triunfo do amor.*

Podia tudo, podia ser sempre assim, vida carnaval.

Depilação nas costas, *quero sair de frente única.*

E o povo do trabalho vibrava. A alegria da firma, *conta tudo na volta?* – se despediram os colegas desejando brilho, sucesso e muita sacanagem.

Passou pela catraca e saiu pelas ruas na sua pré-estreia, ensaiou uns passos sem perceber em quantos eles chegaram e não foi para um abraço.

Acordou olhando para o teto branco e, nesta exata cena, entra a cabeça da mãe cobrindo a luz que, só por ser luz, já incomodava.

Uma semana de hospital pela frente para se recuperar da surra.

– Hoje é sexta, meu filho. Sexta de Carnaval. Que Deus te abençoe.

Guilherme Figueira

T. é fiel

Às duas e quarenta o alarme disparou. T. já estava acordado, sequer tinha pregado os olhos, e aguardava o toque do celular apenas para saber a hora de se levantar. Na batalha entre a adrenalina e a melatonina, a primeira costumava vencer. Pegou o celular para desativar o despertador e aproveitou para enviar uma mensagem para o grupo do WhatsApp: *Todos a postos?* E, imediatamente, uma chuva de *emoticons* com o polegar para cima indicava que sim.

Já estava tudo pronto. A mochila feita. O sanduíche preparado para ser engolido rapidamente junto com um suco de caixinha. No espelho, se certificou que a roupa estava discreta o suficiente para não levantar suspeitas.

Mas, se abrissem a sua mochila, não teria jeito e nem explicação. O coração disparou com força e ele lembrou-se do que acontecera com B. duas madrugadas antes. Desfez o nó da garganta com um gole na cachaça, guardou o resto da garrafa na bolsa e bateu a porta.

Pegou um táxi para evitar circular sozinho e pensou que o motorista deve ter estranhado quando pediu para seguir para o centro do Rio naquele horário, mas o senhor do volante parecia estar mais preocupado em tragar o seu cigarro e nada comentou. Por precaução, o ponto de encontro também tinha mudado e, desta vez, se reuniriam no vão do Palácio Capanema. Quando T. chegou, o local ainda estava vazio. Sacou sua cachaça da mochila e foi dando pequenas bicadas para diluir a tensão, enquanto aguardava o lugar encher.

Às três e meia da manhã, o vão do Palácio já estava lotado e T. comentou na roda de amigos: *Tem mais gente do que nos outros dias. Vai dar merda*. E novamente lembrou-se de B. e da maneira brutal como a pegaram e a levaram.

Não tinha sido de uma hora para outra que as coisas tinham se transformado. No primeiro ano, o novo governo tinha cortado a verba oficial para a folia e informado que todos os recursos deveriam ser privados. No segundo ano, decretou que a festa duraria metade dos dias. No terceiro, o Carnaval foi oficialmente proibido. Tudo em nome de Deus. Em pronunciamento na TV, o prefeito anunciou o decreto que bania o Carnaval, uma data que instigava apenas o caos e o pecado. A repressão seria forte e a pena para os pecadores seria dura. Isso sem contar a pena que estes mesmos pecadores pagariam lá em cima, diretamente com o Todo Poderoso. Foi o que ele disse.

Bum! O primeiro estouro do bumbo foi como uma bomba que estourou as grades de uma prisão, libertando centenas de pessoas, que soltaram um grito eufórico de liberdade. Aquela gente toda estava ali tanto para celebrar quanto para protestar. A cachaça era tanto para embriagar quanto para distensionar. O sufixo da palavra manifestar nunca fizera tanto sentido. Mas, ainda assim, era o Carnaval. O Carnaval possível. O fruto proibido. Por toda parte, também se viam cartazes de protesto:

Só o Carnaval expulsa demônios das pessoas

O pecado é sagrado

O milagre da multidão do Carnaval

De dia é Jesus, de noite é Joséia

Por um Estado laico e louco

O bloco deixou o palácio e arrastou-se espremido pelas vielas do Centro, evitando as ruas principais. T. seguia no pelotão da frente, fortemente armado com a cuíca que trouxera escondida na mochila, espremida entre a garrafa de cachaça, que a essa hora já estava na metade, e alguns adereços. O paraíso se estendeu por apenas dois quarteirões.

Não tentem fazer um Carnaval clandestino, porque Deus é onipresente. A frase também tinha sido dita pelo chefe do Estado em seu pronunciamento e se cumpria à risca, mais uma vez, quando o bloco bateu de frente com a polícia. Seriam os olhos de Deus ou a língua de B. que os tinham levado até ali? Bum! O estouro da primeira bomba soltou um grito de terror na multidão, que se dispersava desordenadamente por todas as partes. Em nome de Deus, a polícia agia de maneira truculenta, perseguindo, prendendo e agredindo os pecadores.

T. conseguiu dobrar na rua seguinte e, anestesiado pela pressa e pelo pavor, não sentiu as duas violentas pancadas do cassetete que o atingiram no pescoço e nas costas. Durante a corrida, deixou pelo caminho o instrumento, a mochila e a cachaça. Correu, correu muito pelas ruas do centro, em pânico, sem saber o caminho, se é que havia algum caminho certo a fazer, sozinho. Quando achou que já estava longe o suficiente, escondeu-se atrás de uma banca de jornal, o dia ainda escuro, e chorou de alívio, de exaustão, de medo, do sangue que escorria quente por seu corpo em chamas. Era o retrato perfeito de um filho do Carnaval. Um filho quase órfão, mas que se recusa a aceitar a morte de seu pai.

T. puxava o ar com força e o peso do oxigênio debruçava-se em suas costelas. Tentava recuperar o fôlego e a razão. Certamente a polícia seguia fazendo buscas pelas ruas da região à procura de elementos subfestivos, como ele. Se ficasse ali, poderia ser encontrado. Se saísse dali, poderia ser encontrado. Lembrou-se do seu primeiro encontro com B., quando ela ainda era muito mais do que uma inicial, em um bloco também ali no Centro. Será que passamos por essa rua? Será que nos beijamos aqui nessa mesma banca de jornal?

A visita a outros carnavais foi violentamente interrompida quando escutou, não de muito longe, uma rajada traçando o ar: tá-tá-tá-tá. Podia estar exausto, dolorido e fraco, mas ainda sabia reconhecer perfeitamente a batida de um tamborim. Levantou-se ainda trôpego, mas decidido, e acelerou o passo descompassado na direção do barulho. Naquele momento, a única coisa que T. queria era, mais uma vez, ser atingido por aquela rajada.

Gourmetização

Pecado Carnaval #3

Por não trabalharem mais no mesmo escritório e terem terminado, respectivamente, com a Lia e a Lulu, irmãs, Feijó e Luiz Augusto não eram mais grudados como antigamente. Mas se encontraram na concentração do bloco novo do Feijó. Todo empolgado, foi contar as novidades pro amigo.

– Quer um gin, Luizera?

Luiz Augusto estranhou o apelido novo, mas respondeu sem questionar:

– Valeu. E aquela cachacinha?

– Não tem. Só gin com essa tônica artesanal aqui. Não quer?

– Deixa pra lá. Me fala, e a bateria vai ficar onde?

– Vamos sem bateria, só com DJ, cara. Bloco moderno, pegada mais eletrônica. Deixa eu ligar o som.

– Não precisa, não vou poder...

Feijó interrompe o amigo, puxando-o pelo braço:

– Vem ver isso, nosso *Carnival Truck*.

– Isso é um trio elétrico, Feijó.

– Mais ou menos, esse tem freezer, *barman* e banheiro climatizado. *Carnival Truck*, meu brother.

– Feijó, o que está acontecendo?

– Carnaval, cara. Vai bombar.

– Não! O que é isso? Gin, DJ, *Carnival Truck*? Que porra é essa?

– Calma, Luiz. Tá estressado? Tá com fome? Tó, come esse sanduba, é sem glúten.

NOFX

Alexandre Tovaritch

O sermão

Irmãos, abram a Bíblia no livro de... Era a terceira noite de retiro espiritual, afastados do mundo e da sua festa da carne; o Carnaval. Uma porção de adolescentes que passava quatro dias longe das tentações da bebida, da dança, da música, do sexo... O sexo. Era esse justamente o tema do sermão da noite. *O termo, originalmente no grego, é porneia. E, vejam bem, Jesus ensina a enfrentar o desejo? A resistir? De jeito nenhum! Ele sabe que a carne é fraca, por isso manda fugir das tentações. Resistir ao inimigo, mas fugir das tentações.*

O sexo. Como sentir desejo e atração por alguém e querer entregar o corpo para essa pessoa poderia ser algo tão sujo e vergonhoso? Tocar o próprio corpo um motivo de culpa? *Vocês são todos adolescentes e, nessa época da vida, tudo é descoberta. O corpo está amadurecendo e os hormônios estão à flor da pele.* Exato! Tudo dentro de mim grita e anseia por ser atendido. Cada parte do meu corpo quer ser tocada, beijada, acariciada. A única língua estranha que desejo é o discurso da pele que se desfaz na ponta dos dedos de alguém.

Pensava nas noites anteriores em que ouvia as amigas e os amigos conversando sobre beijos, sobre quem ficava ou queria ficar com quem. Como essas pessoas conseguiam? Ouvir as histórias fazia minhas pernas bambearem. Como podiam flertar tão livremente com a tentação e sair ilesos? Eu não podia. Fugia. O banho era rápido, não permitia o flerte, não ficava sozinha com um rapaz.

O que tinha de errado comigo que não parecia conter meu desejo como os outros? *A gente sabe que é normal beijar, andar de mãos dadas. Tudo isso é saudável na idade de vocês.* Saudável? Mas e a tentação? *É só não ficar sozinho, não beijar abaixo do pescoço, mão só na mão.*

Era o demônio. Só podia ser o demônio em mim, porque eu ouvia o pastor durante o sermão e me excitava com a possibilidade desse beijo, da mão dele na minha, do nosso corpo colado num abraço. Por que o diabo fazia isso comigo? O diabo, o corruptor das almas, aquele que só veio para matar, roubar e destruir, o responsável pela mais abominável tragédia humana perdia seu tempo comigo, tocando partes de mim que deveriam adormecer.

Quase tão terrível quanto Deus, zelando por todos. Vendo tudo. Vendo o diabo em mim. Era eu Jó, por acaso? Deus apostou que eu resistiria? O diabo e Deus estão lá brincando de cabo de guerra enquanto eu arrebento?

Sentia o peso da minha fraqueza e a culpa das minhas vergonhas. Pensei na súplica do crucificado *Por que me abandonaste?*, mas não ousei repeti-la. Sentia-me sozinha, mas nem de suplicar tinha coragem. *Você é uma suja*, pensei. *Você é a prostituta em cima da besta do apocalipse trazendo a perdição para o mundo no meio das suas pernas.*

Enquanto o mundo está aí perdido, entregue às paixões da carne e à imundície, vocês estão aqui, santificados, separados para Deus. Vocês conseguem imaginar a alegria do Pai ao ver isso? Um grupo tão grande de adolescentes como esse louvando o nome dele, enquanto milhões se perdem. Vocês são motivo de alegria para o Senhor! Deus está feliz e é por causa de vocês! Posso ouvir um 'glória a Deus!' por isso? Vamos lá, bem forte!

Não! De mim, não. Eu chafurdava na mesma lama dos que se entregavam ao Carnaval. Em mim, todos os corpos se tocavam em espasmos e gemidos de prazer. Em mim, todas as almas ardiam. Era minha a festa da carne. Era em mim o próprio inferno. Para o meu lado, Deus não sorri, porque conhece o que está olhando.

O grito uníssono de "glória a Deus" rompeu o fio de aparência que eu ainda sustentava. Chorei como se descosturasse meu vestido, expondo ali as minhas vergonhas.

Despertei do meu choro com um toque. A mão era grande e pousava pesada bem no término da minha nuca, me fazendo erguer a cabeça e prender as lágrimas. O culto acabara e só eu continuava sentada, imersa. *Está tudo bem, filha?* A voz soou distante, grave e profunda, como se um sussurro dito ao longe se tivesse deixado capturar pela minha orelha. O choro contido se rebelou em minha frágil prisão e voltou a correr dos olhos. *Sabe, a gente é amado do jeito que é. Ele conhece a gente no mais profundo e ainda assim ama. Eu sou o seu pastor e amo também. Se você quiser conversar eu estou aqui para acolher e ajudar.*

O demônio, pastor, o demônio. Mas como eu poderia dizer isso? Como confessar que ali, enquanto ele pousava a mão em mim e me falava do amor divino, o demônio me fustigava em partes que não posso nem nomear? *Ora por mim, pastor? Eu não sei mais o que fazer.* Ele, sereno, pediu que eu me levantasse e com a mão sobre a minha cabeça começou: *Pai, estou aqui humildemente pedindo por sua serva neste momento.*

A voz dele era doce e falava como se pedisse um copo de água a um conhecido. Seguro e suave. Seus lábios se moviam certeiros, todas as palavras eram ditas com clareza, sem titubear. *Só o Senhor sabe o que se passa na mente dela, conhece toda a sua história e cada um dos fios de cabelo em sua cabeça.* E deixou correr a mão pelos meus longos cabelos, alisando-os suavemente até tocar meu ombro.

Mas no que eu estava pensando? Era aquele meu momento mais terrível. Minha alma estava à mercê daquela oração e era ali que o mundo espiritual travava sua batalha para expulsar de mim o tal demônio. E tudo o que eu conseguia pensar era o caminho que a mão dele percorria. Como podia ser tão fraca? A que distância estava de Deus para não ter nem vislumbre de sua graça, mesmo durante a oração?

O Senhor conhece este coração e passou a mão para o centro do meu tórax, deslizando pelo pescoço. Eu suava e tremia. Jamais homem nenhum tinha me tocado ali. A culpa não era minha. O corpo pensa por si só e a pele grita mais alto do que qualquer pedra. A mão dele estava ali e ingenuamente me acariciava, enquanto o demônio que eu queria derrubar se erguia.

Sonda, Senhor e a mão tocou meu seio esquerdo. Não. Ela esbarrou. Eu desintegrava. Não tocou, esbarrou. Mas então, tocou novamente. *O senhor sabe todos os segredos*. Eu tinha provocado isso? Senti nojo de mim. Fui eu que me mexi para que a mão dele tocasse meu seio. Não foi?

A mão dele deslizou bem devagar e cobriu meu seio todo. Meu coração estava em erupção. Eu queria sentir o toque dele, mas o que era aquilo? Eu tinha uma fantasia. Em que momento eu permiti aquele toque? Eu não queria aquilo. Ele segurava meu seio e aproximava o rosto de meus cabelos. *Aleluia*, sussurrava.

Senti meu corpo rachar, a pele envelhecer mil anos e se desfazer. A alma secava e emudecia. Meus olhos eram ocos e por dentro deles, a mente ruía. Todas as partes de mim se esvaíam naquela mão que cobria meu seio. Eu, ali em meu congelamento, amamentava a mão daquele homem com minha existência.

Não tinha mais demônio. A tentação não existia. Não tinha mais eu. Era só aquela mão a me invadir pelo seio, revirando todos os cantos do meu corpo, como se me apertasse diretamente o coração, esmagando-o.

Amém. Sabe, filha, disse calmo e doce, *há mistérios que só devem ficar entre você e Deus. Nesta oração, Ele revelou muitas coisas. Guarde tudo o que aconteceu para você que a benção virá. Tudo, entendeu? Não conte a ninguém.* Meu corpo rasgado acenou que sim. *O nome do diabo, filha, é desejo. Agora, vamos jantar que os irmãos já estão lá.* Ao entrar no refeitório, bradou: *aleluia!*

Tatiana Filinto

Serpentina

O bloquinho está na saída da Tucuruvi. Já no nome o baticum do surdo, da caixa e da cuíca: tu cu ru vi. A concentração de gente do Acadêmicos do bairro só aumentando.

Esmê e Marta, com os chocalhos nas bolsas, esperam o trem na Carandiru sentadas no banco de metal em frente à plataforma. As amigas moram na Luz, quatro estações no sentido oposto, direção à Jabaquara.

Esmê aluga um quarto-sala iluminado entre às oito e dez da manhã. O vento atravessa a janela basculante da cozinha e em dias de chuva alcança a bandeirinha colorida pendurada no varão da cortina. Marta mora com a avó desde os treze anos e reparte quarto, fogão, mesa, dinheiro e o pedido do folheto quando a comida é entregue em casa. Marta sonha comprar um terreno e subir uma casa para ela, outra para a avó.

O trem chega, abre a porta.

A atual namorada do meu ex. é amante desse cara, fala Esmê, estendendo o celular para Marta. O paninho marrom enrolado nos dedos da mão de Marta limpa as lentes sem grau dos óculos armação verde-claro. Preso às hastes um tufo de tecido azul, outro branco, as cores do bloco de carnaval. Marta para o que está fazendo e olha a tela. Vê o naipe desse cara, Marta. Como pode largar meu ex pra ficar com esse aqui. Marta limpa os óculos. A Ana Claudia virou bombeira, agora? Que fantasia é essa?, continua Esmê. Ó: todo mundo na praia. Tô vendo aqui, olha as fotos, Marta. Marta observa. Boceja. Coloca os óculos na cabeça. Arruma a dobra de pele do peito que sobra para fora do sutiã, põe pra dentro de volta e diz: é.

O trem fecha a porta, sai.

Já reparou no destino que é colocado nas palavras? Meu ex falava o tempo todo se, se, se, se a gente fizesse isso. Se a gente fizesse aquilo. Ouvi isso durante os vinte e quatro meses e meio de namoro. Se. Se nada, rapaz. A gente tava junto e ele se, se, se, fala Esmê.

Se não é palavra, Esmê. Existe a palavra e a partícula, diz Marta trançando o cabelo. Procura um elástico solto na bolsa. Acha isqueiro, clipe, batom, documento, pente, notinha, moeda, chocalho.

Marta, tá todo o mundo já na Tucuruvi. Quanto tempo pra chegar lá? Tô vendo aqui no celular. O mestre do chocalho tá aqui no canto, vê? Você sabe que estamos lascadas se não voarmos pra lá. Vem cá, isso de partícula você inventou agora, não foi?, pergunta Esmê.

As duas se olham por alguns segundos.

Só se for a parte mínima da palavra. Deve ser a parte com destinação, Esmê fala, como para ninguém, agora o tom de voz é baixo, olhando para cima, cabeça enconstada na parede da estação.

O trem chega, abre a porta.

Sabe que essa noite eu tive um sonho muito louco, diz Esmê. Tio Bretão. Marta, tio Bretão, lembra, né? Entro na casa dele e em cima da mesa uma toalha de plástico com xícaras, bules, colheres muito pequenas e pires, tudo colorido, estampado sobre um fundo amarelo claro. Daquelas que se compra por metro na Magazine Vinte e Cinco. Você sabe. Na casa, uma janela só. Um buraco quadrado sessenta por sessenta sem cortinas. Uma madeira atravessada na vertical escora o batente recém-colocado. Eu ando pela casa. Não tem mulher, nem homem, nem criança, nem bicho; ele. E ele repentindo sem parar: na casa do audacioso se mora ao sul do sonho e *ao sul* é o lugar que se encontra dinheiro na carteira; onde seus filhos estão neste momento; o destino da carta que você enviou ontem mesmo; o botão da camisa que está faltando. Tio Bretão repetia essa fala doida até meu despertador tocar às seis e cinquenta hoje pela manhã.

O trem fecha a porta, sai.

Marta, você ouviu? O que você está olhando, pergunta Esmê.

Marta tem mania de segurar o celular com os dois polegares embaixo e os dois dedos médios em cima. Como se fosse cortina de palco italiano onde os espectadores assistem à representação pela frente.

A Irene tá de noiva, Esmê. Noiva. Véu. Frufru. Vestidinho transparente. Calda. Tô vendo que você ouviu nada do sonho, diz Esmê. Tua fantasia derruba noiva, padre, coroinha, daminha, pajem, madrinha, padrinho, esses inhos todos. Olha pra você. Que Irene, o que. Quer ver, pergunta Esmê, digitando os quatro números do código de acesso ao celular. O que você está fazendo, quer saber Marta. Eu tenho aplicativo de espelho. Vou mostrar como você está. Dizer, não está adiantando.

O trem chega, abre a porta.

Marta olha a tela seis por doze centímetros. Tá linda, diz Esmê e continua: eu apago a Ana Claudia de bombeira; você deleta a Irene de noiva da sua cabeça, que tal? Como eu tô?

O trem fecha a porta, sai.

Esmê.

Que.

Você compraria um terreno no mar por duzentos e trinta mil reais, pergunta Marta. Eu nunca peguei papel algum do chão mas ali perto da escada rolante tinha esse anúncio. Eu vi e peguei. Era pra mim.

Do auto-falante é possível ouvir: o Centro de Controle Operacional do Metropolitano de São Paulo anuncia a inversão de sentido nas estações Carandiru, Santana, Jardim São Paulo, Parada Inglesa e Tucuruvi. Nos próximos doze minutos esta plataforma terá seu embarque para o Jabaquara. Atenção: esta plataforma não terá como destino a estação Tucuruvi.

Esmê.

Que.

Em quanto tempo você acha que a gente chega lá?

O trem chega, abre a porta.

Marta e Esmê entram.

O trem fecha a porta, sai.

Mau-humor

Pecado Carnaval #4

Remanso Novo ficava a 18 horas de ônibus de onde começa o nada. Esta frase dita em Remanso Novo não produziria nenhum esboço de sorriso, tampouco um breve levantar de canto de boca. Aquela cidade era a capital da rabugice, a cidade mais mal-humorada do Brasil, quiçá de todo o mundo – com a provável exceção de uma ou outra cidade francesa. Alguns diziam que tal sina era consequência da religiosidade fervorosa do padre que fundou o vilarejo. Outros alegavam que o motivo da caturrice coletiva seria a surdez repentina do coronel que mandava na região. Por não entender mais o que as pessoas diziam, passou a cismar que todos estavam zombando dele próprio. Então ordenou que seus capangas acabassem com qualquer vestígio de alegria. Mas independentemente da origem, o fato era que mesmo com as mortes do padre e do coronel, pavês continuaram a serem servidos sem qualquer interrupção, chovia todo mês de setembro e nada acontecia, o português do mercado nunca ouvira nenhuma gracinha.

Ninguém entendeu quando um forasteiro chegou com um violãozinho que chamava de cavaco e começou a convocar os poucos habitantes que sabiam batucar qualquer coisa. Descolou um zabumbeiro, um tocador de surdo e dois de malacacheta. Improvisou um reco-reco e ensinou a cadência para o portuga do mercado. A cidade inteira se reuniu na praça para ouvir o forasteiro entoar maxixes maliciosos, marchinhas com frases de duplo sentido, sambinhas bem-humorados. No começo, os remansonovenses gostaram do ritmo e balançaram timidamente os quadris, mas a compreensão das letras foi difícil. Com paciência e em tom professoral, o improvável menestrel explicou letras, esclareceu chacotas, desvendou trocadilhos e chistes. E repetiu as marchinhas, os sambinhas, os maxixes até o Sol se pôr. Remanso Novo nunca mais foi a mesma. No dia seguinte, os moradores, em êxtase, só faziam uma coisa, perguntar quem conhecia o forasteiro sobre o qual sabiam apenas o nome: Mário.

André Zamboni

Navalha na carne

Quando eu encontrar o filho da puta, vou rasgar a garganta dele. Era o que papai dizia todo dia, antes de ser trancado no manicômio. Dizia isso e sacava a navalha do bolso da camisa de linho, e eu achava lindo o refletir do sol na lâmina em movimento no ar. Naquele tempo, papai já tinha perdido a barbearia e passava os dias sentado na cadeira de vime na varanda, emagrecendo, fumando incontáveis cigarros de palha e vigiando a esquina, como se esperasse alguém. Eu considerava papai incapaz de matar qualquer coisa; em casa era mamãe que decapitava os bagres e torcia o pescoço das galinhas. Mas papai parou de falar de vingança. Na verdade, ele nunca mais disse palavra, após sumir por treze dias e a polícia o encontrar vagando na fronteira com o Paraná, todo sujo de barro e sangue.

Ando pensando bastante em papai. Agora mesmo, lembrei dele ao refletir da luz fria da luminária na lâmina de um de meus bisturis. Talvez eu seja a pior das filhas, já que não vejo papai há quatro anos. Quando eu tinha acabado de me mudar para São Paulo, há dez anos, dava meu jeito de economizar um trocado para a passagem até Alfenas. Mas ver papai em meio a tanta gente insana, como que desligado da realidade, me levava para perto de algo frio e escuro, não sei explicar ao certo, parecia que a acidez no meu estômago falava mais alto que os meus miolos. Na primeira vez que o visitei no manicômio, vim chorando por todo o caminho de volta, chorei por quatro dias e três noites direto, emagreci cinco quilos e meio. E não só por causa do babador manchado de amarelo no pescoço de papai; também pela antiga barbearia, que agora era um boteco decadente.

Eu senti que era hora de deixar papai depois de, na última visita, não ter derramado uma lágrima sequer na volta para casa.

Observo o bisturi antes de guardá-lo junto aos demais no estojo de plástico: cinco centímetros de uma fina haste de aço inoxidável, afiado feito o inferno, tão leve quanto um suspiro. Tesoura, lixa, raspador, espátula, cureta, alicate de unha, alicate de cutícula: o tilintar dos instrumentos que agora recolho sobre a bandeja de alumínio ecoa no salão vazio. Todos foram embora para seus blocos, seus desfiles. Mas a solidão, minha eterna parceira de avenida, não me incomoda. Especialmente hoje. A clientela de Carnaval paga várias contas, mas tortura punhos, costas, pescoço. Esta noite eu só quero casa, banho, lasanha, cigarro, cama.

Mas as coisas acontecem quando têm de acontecer, como papai dizia. Estou terminando de juntar os instrumentos quando ela entra pela porta, assusta o ar ao redor. É uma figura que caminha com confiança e agilidade, passos profundos, mãos teatrais dizendo algo urgente, trágico, inevitável. A fala, rápida; a maioria das palavras terminando com um gemido suave. Pouco a pouco entendo o que ela está dizendo:

– ...nem quero saber quanto vai custar. É simplesmente inaceitável que uma unha inflamada tire Joana Cry de seu momento máximo no Carnaval!

Sou invadida por uma sensação de familiaridade. Sinto como se, por baixo da voz anasalada, residisse um tom fatalmente próximo, como se eu conhecesse essa desconhecida, feito a sala de cirurgia vista de relance no torpor da anestesia.

– Eu já fechei – digo.

– De jeito nenhum – ela diz e senta na cadeira reclinável. – Me disseram que aqui tem uma milagreira e eu vou passar com essa podóloga.

– Mas eu já fechei – repito.

– Eu não saio daqui sem resolver este problema – ela diz.

Normalmente, eu fecharia meu kit, varreria o chão e apagaria as luzes – e iria embora. Mas fico. Pego a loção higienizante, o emoliente, as gazes e o algodão no armarinho da pia e me sento no banquinho, aos pés de Joana. Ela tira o chinelo, expõe o mindinho amarelado, faz cara de dor e nojo. O dedo tem duas espículas encravadas nas laterais da unha; não é uma inflamação grave, mas é preciso retirá-las, tratar o local, esperar cicatrizar para então corrigir o arco da curvatura no corte da unha.

Contudo, quando seguro o pé de Joana, sem querer toco o dedo inflamado. Ela estende o braço até minha mão, e esse ato reflexo contra a dor exibe a tatuagem que Joana tem no antebraço esquerdo.

– Toma cuidado, sua açougueira! – ela diz.

Um dragão vermelho e preto, de um olho só. A sensação de familiaridade, de novo. Talvez seja minha mente exausta tentando me autossabotar, testar minha sanidade. Eu ainda era uma criança na última vez que vi um dragão como este. O dragão vermelho e preto, de um olho só. Mas, é impossível, ele está morto... Lembro do antebraço de dragão bagunçando meus cabelos e dizendo *Eu vou cuidar bem do dinheiro do papai*, papai sorrindo, eu escondida atrás de sua perna, papai apertando a mão do dragão. Estou ficando louca também?

Não sei ao certo há quanto tempo estou em pé e de costas para Joana, nem o que ela está falando, nem por que estou me lembrando de papai dizendo ao Tales, ex-vizinho da barbearia, o mesmo Tales que disse estar fazendo um bom dinheiro com o agiota, que coincidências acontecem só uma vez, do contrário não são coincidências. Esse leve ferver ácido que agora sinto no estômago é idêntico ao de quando papai disse à mamãe que tinha vendido a barbearia, que ia se aposentar e *viver de lucro*. Mamãe desligou a fritura da carne de porco, tirou o pano de prato do ombro e, pousando-o sobre a mesa, disse que dinheiro não dava em árvores, que, agora sim, ele tinha conseguido foder de vez com a vida dela. Depois, mamãe acrescentou: *com a vida da família, você fodeu com a nossa vida*.

– Você vai fazer o serviço ou não? – Joana Cry pergunta.

Dou uma boa olhada na figura esguia, sinto as mãos se energizarem, como se eu segurasse uma tela eletrificada. Um pouco de barriga, o cabelo agora loiro, longo e quebradiço, lentes de contato azuis e duas próteses de silicone. E o dragão de um olho só. O fatídico dragão vermelho e preto. Será que ela é Júlio Mendes, o agiota?

Se for, eu deveria matá-la. Matá-lo. Matá-la. E por mais que eu repita mentalmente, a frase não perde significado; ao contrário: parece tão definitiva quanto o salto do suicida. Mas seria justo? Quero dizer, mesmo tendo fugido com o dinheiro de papai, meu velho não morreu... mamãe não morreu... eu não morri. Olho por olho, não é essa a lei de talião? E se Joana não for Júlio, como conviver com a sina de ser uma assassina?

– Escuta aqui, querida – Joana Cry diz –, ou você faz esse serviço ou eu vou maldizer essa pocilga pro bairro todo. Se eu não precisasse, já teria ido embora.

Papai costumava dizer que a gente não sabe se é capaz de matar alguém até ter a vida do desgraçado no fio da navalha. Bradava a frase com firmeza e contava que vovô, muitos anos atrás, movido pela raiva, quase matara um baiano que lhe devia meio quilo de contrafilé, e, não fossem os muitos braços dos clientes da barbearia, o João Caolho teria dois olhos, mas seria uma lápide de nome único: João. *Dívida é dívida*, papai dizia e emendava, *eu teria matado o lazarento*.

Aceno com a cabeça para Joana e coloco água para esquentar. Enquanto o vapor para um suposto banho-maria começa a subir, emudeço a rua, abafo o longínquo samba-enredo do bairro, fechando as janelas, as cortinas, a porta de entrada. Estou atrás de Joana Cry. Ela bufa e bate com o calcanhar no apoio da cadeira, que range. Range como a porta do hospício. Papai foi internado numa manhã de inverno fria e bela, sem uma nuvem sequer para tapar o exibido rei-sol naquele derradeiro céu azul. Papai não ofereceu resistência (ele nunca ofereceu resistência): aceitou o braço do enfermeiro entrelaçado ao dele, caminharam juntos, observou o pátio com meia dúzia de pacientes sentados à longa mesa de madeira, próximo de um jardim de inverno com a estátua de São João de Deus amparando em mármore um enfermo de pedra com o braço direito, segurando uma manta com a mão esquerda, o rosto impassível e o olhar misericordioso em direção ao céu. Mamãe não fez nada, não olhou para papai, sequer chorou – e eu nunca mais a vi chorar, nem quando dobrava as roupas da mala da mudança, no dia seguinte. Eu me joguei nos ombros de papai. Tinha a esperança tola dos que creem que o afeto tivesse algum poder de cura, que os filmes hollywoodianos estavam certos. Mas não houve lágrima, não houve abraço, não houve milagre. Enquanto os enfermeiros me separavam de papai, ele continuava olhando para aquela maldita estátua que, abençoando os loucos, parecia mais viva do que ele.

Sento-me em frente à Joana Cry.

É quase involuntário: deixo a mão vagar livre entre os instrumentos na bandeja, e ela, cordeira, colhe o alicate de unha. Preciso limpar a testa, as gotas de suor escorrem pelo canto dos olhos. Tudo está meio embaçado agora.

Então eu vejo o dedo, vejo o alicate de unha.

– Finalmente!

A abertura do alicate não é a ideal, é um pouco menor que o diâmetro do dedinho.

– Anda logo com isso.

Com uma boa dose de força, em alguns cortes...

– Eu já estou atrasada.

... talvez fosse possível.

Quando puxo o dedinho, Joana Cry reage, mas controla-se quando o vê preso no corte do alicate. Não adianta me chamar de louca, ela percebe isso, não há loucura nos meus olhos. Sinto-me prestes a entrar em um túnel.

– Você é o agiota que enlouqueceu meu pai – a vista se estreitando, túnel escuro.

– Quem... o quê?... – balbucia Joana.

– Júlio Mendes – eu digo. O semblante de Joana Cry perde o ar confiante. Imagino que, para ela, é como se o tempo ficasse suspenso, a maquinaria cerebral buscando o cenário menos danoso.

– Eu achei que meu pai tinha te matado – a vista raspando, túnel apertado.

– Eu não sei do que você está falando – diz Joana Cry.

– Você se lembra do Agenor, o barbeiro?

Joana arregala os olhos, paciente com amnésia que finalmente recorda o acidente que o deixou treze anos em coma.

– Eu... eu... olha, eu sinto muito. Eu sou uma boa pessoa!

– Meu pai não te matou – o túnel se estreita, o corte do alicate pressiona a carne.

– Calma, por favor! – Joana Cry diz. – Seu pai, ele, ele foi piedoso. Seu pai me perdoou, a gente até se abraçou!

É quando aperto forte o alicate no dedinho de Joana Cry, uma, duas, três vezes, corto a carne amanteigada, quebro o ossículo, rasgo a pele que atava por um fio o dedo ao pé ao puxá-lo. Ela grita, me chuta, sinto o baque oco na nuca ao me chocar com a pia. Os instrumentos voam, os bisturis se esparramam pelo piso quando o kit se estatela no chão. Joana segura o pé ensanguentado, chora como uma hiena. Meu estômago arde.

– Meu pai voltou para casa coberto de barro e sangue – o túnel todo escuro.

– Meu dedo! – grita Joana Cry. – Covarde! Covarde como o pai! Eu espanquei aquele puto e o cagão fugiu. Aquela maldita tempestade! Devia ter matado o fracote! Devia ter-

Não me importa o que ela está dizendo. É por isso que agarro a bacia de alumínio e jogo a água quente no rosto de Joana Cry. Enquanto ela se debate, pego um dos bisturis do chão e enfio em sua garganta, não sem antes levar um soco no nariz. O sangue dela esguicha na minha mão, na minha boca. Joana tenta tapar o buraco no pescoço, mas vai ficando azulada, imóvel, para de respirar.

Ainda estou ofegante. E a imagem de meu reflexo vermelho no espelho, ao lado o corpo inerte de Joana, me faz recordar a estátua de São João de Deus no manicômio. Pouco a pouco, a efervescência no estômago arrefece.

Acho que é hora de visitar papai outra vez.

Natalia Timerman

Ele, noite de Carnaval

As ruas abarrotadas de gente, gente anônima. No meio, havia um homem. Era ele, era ele. À sua volta, um halo, distinguindo-o dos demais. Para ninguém ele era ninguém.

Ele era o de chegada fácil, um messias abrindo caminho com sua mera presença por entre a multidão. As pessoas o viam, se afastavam, olhavam de novo, confirmavam com exclamações a mágica de seu estar ali, ele, entre elas. As pessoas pediam fotos. Tiravam fotos, de longe, de perto. Abraçavam-no emocionadas.

As pessoas adivinhavam seus desejos. Ele tomava a cerveja que aparecia na sua frente como se receber fosse o melhor pagamento. Água, pedaços de fantasia, adesivos brilhantes, um chapéu, *tome aqui, um ácido*: quanta honra, o corpo que reina no palco usufruir de uma oferenda dos comuns. O halo brilhava mais e ele andava entre as pausas para tantas fotos, carinhoso, retribuindo. As cores, a música nas ladeiras, as cores fortes da música, a sua música.

Finalmente, a teimosia tinha outro nome; ele sempre esteve certo, então. Viu, mãe, viu, pai? Inconforme com os irmãos desde cedo, sem lugar no mundo que era para ser seu. Destacado dos hábitos, sempre, as pessoas em volta preenchendo os dias e ele, nada. Tardes inteiras, noites, madrugadas. A música, refúgio solitário. Nem até gostando das letras, das melodias que eram aquela dor, os outros, os seus, conseguiam arrumar o lugar dele no mundo. Gostavam só de longe, os que o rodeavam de perto; algum desprezo, alguma pena. Mas agora, agora não: agora sim. Aqueles anônimos todos, tanta gente, todo mundo, diziam por olhos brilhando que o refúgio cresceu. Quebrou paredes da casa onde ele nunca coube, e que não era mais um refúgio: era a casa no mundo, feitio daquela gente toda que abria caminho para sua passagem, casa sem paredes, sem limites.

A família, enfim orgulhosa, pedia ingressos, levava amigos, aprendia finalmente as canções. Sempre souberam, no fundo, que ele ia dar certo, afinal. Sempre souberam as canções.

As pessoas vinham, tomavam para si as fotos; espremiam o halo, mas não o podiam furar. Iam embora sorridentes e leves com a novidade para contar aos amigos e partilhar nas redes sociais.

Não há caminho até ele.

Não há quem possa andar a seu lado.

Era a fama. Só.

Quando por algum tempo ninguém tirava fotos, ou quando as pessoas ficavam com receio de incomodá-lo com pedidos; quando se esqueciam de sua presença para escutar a música tocando, estar perto dos amigos, dançar, beijar naquele começo de noite de Carnaval – ele seguia andando, sozinho, abandonado dentro do brilho que o ressaltava e apagava.

Ah, se ao menos ousasse sentir o vazio a que era atirado quando faltava o alimento de ser reconhecido, se ousasse dizer a si mesmo que doía e que estava só; se ousasse abandonar-se no abismo que se abre quando os instantes-cratera suspendem a armação do mundo... estaria a salvo do próprio abismo.

Mas era a fama.

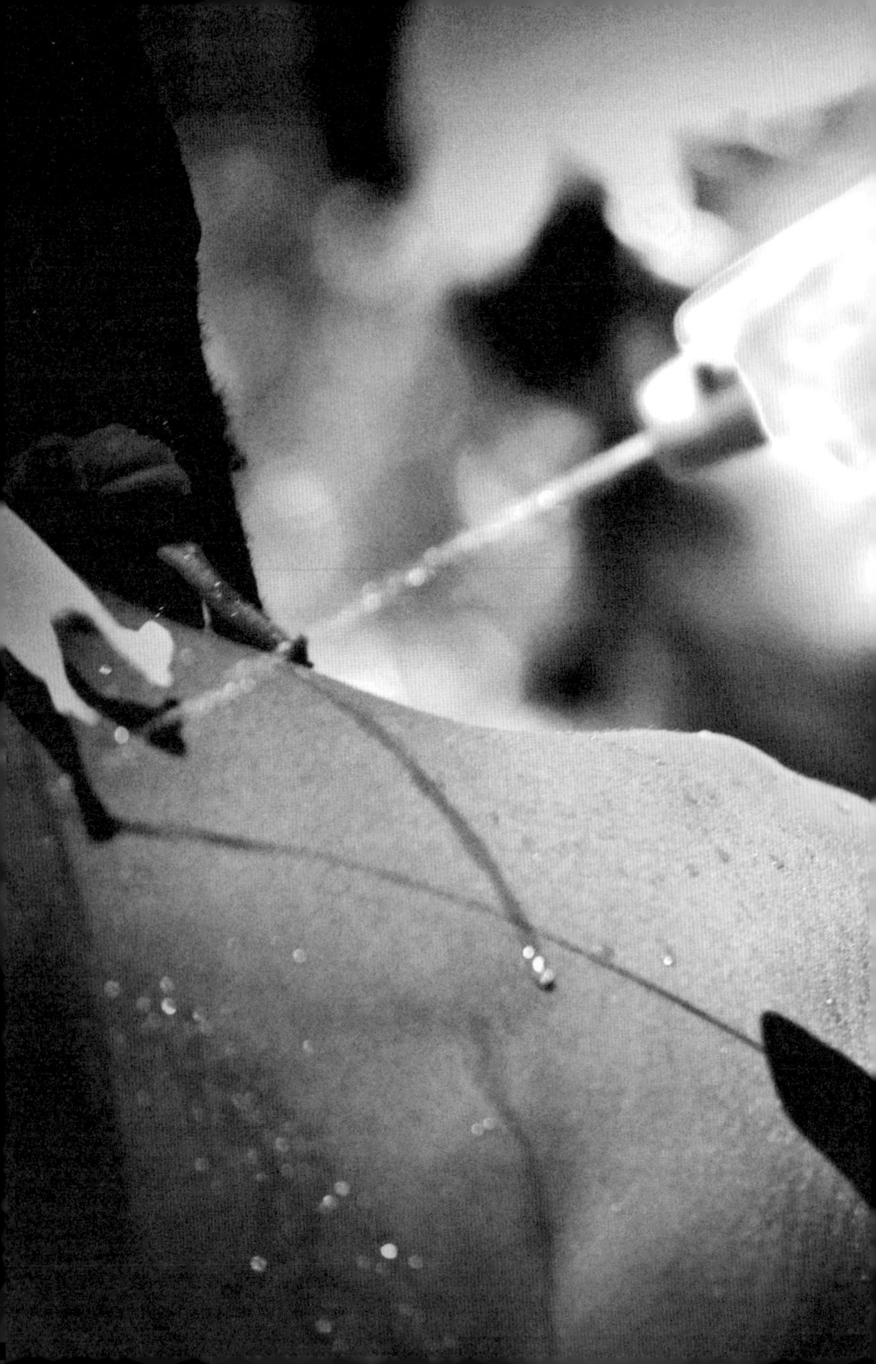

Ausência

Pecado Carnaval #5

Na véspera do segundo desfile do bloco que fundara, Alvinho caiu de moto. Costela e perna esquerda fraturadas e recomendação de repouso total. Ainda assim, fez o trajeto inteiro de cadeira de rodas, empurrada pelo Jaime, com seu repique apoiado nas coxas. Três anos depois, missa de sétimo dia da mãe. Mesmo tristonho, correu para o bloco em busca dos ombros dos amigos e do colo da Maria Isabel. Uma porção de lula de procedência duvidosa tentou tirá-lo de outro Carnaval. Mas ele logo providenciou uma fantasia inédita, de banheiro químico, e brincou despreocupado.

Os preparativos para a comemoração de dez anos do bloco começaram com antecedência nipônica, aliás, a única coisa nipônica que faz sentido no Carnaval. Alvinho ficou encarregado pelas coreografias da bateria. A menos de meia-hora do desfile começar, não tinha dado as caras.

– Alô.

– Porra, Alvinho, cadê você?

– Esse ano não vou, Jaime. Sinto muito.

– Tá maluco, Álvaro? É seu bloco, dez anos!

– A Sílvia me deu um ultimato, ou ela ou o bloco. Sabe que eu amo Carnaval, mas a Sílvia é espécie rara, namorada nova, não se acha igual por aí.

– Rara é a sua cara de pau.

– Você fala isso porque nunca experimentou o arroz de polvo da Sílvia.

– A Rita também cozinha bem.

– A Sílvia é amiga do Mujica.

– O Gonzalez é uruguaio, carne e osso com ele.

– A Sílvia vai pagar o conserto do meu carro, Jaime.

– A gente faz uma vaquinha.

– A Sílvia te reconheceu naquela festa que você...

– Calma. Que festa?

– Aquela mesma.

– Aquela que eu...

– Sim, te reconheceu mesmo com máscara.

– Relaxa, Alvinho, a gente resolve aqui.

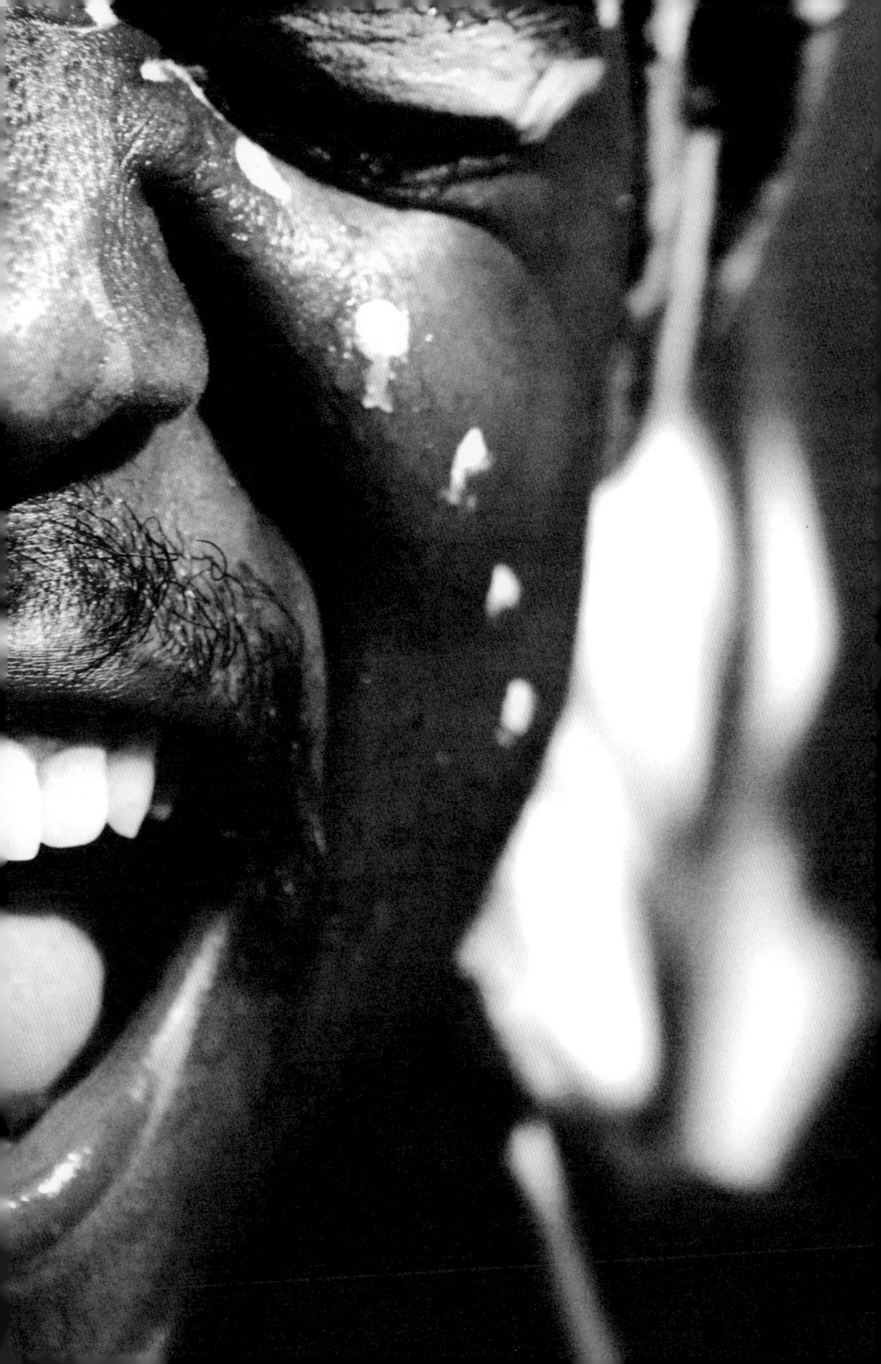

Luis Vassallo

Carnaval sem voz

Vesti o céu da boca de corpodecristo, o branco da batina maculado de vinho nos ossos mirrados do padre, o carinho acetinado da língua na pelinha de hóstia grudada com saliva. Não pecado não tenho vim pelo menino por ele, o celular tocou a mão apalpando um desligar no confessionário do bolso. Velava o corpodecristo estatelado no céu da boca com o semicírculo de dentes apertados em aflição de reza. Rompi o cerco das beatas por uma porta lateral, cuspido da igreja com o grito mudo do celular o terremoto do bolso arrastando condução até Santana descendo na Tietê, mais ligação na Dutra três mensagens antes do pedágio. Era Nana era mestre Zuza era o presidente da escola, adivinhei sem olhar a mão empurrando o pisca--pisca da tela na escuridão funda da calça. Mas corpodecristo é massinha de osso carne de colar palavras em silêncios, volta Tenório precisamos da sua voz, o pisca--pisca teimando entre os dedos e o silêncio do menino empastelado na minha garganta farinha e água amarrando as cordas vocais, você é o nosso puxador de samba Tenório sem você a escola não canta, mas as palavras não vinham entupiam na faringe rasgavam o fôlego espetadas no pulmão, cara o desfile é amanhã você não vai abandonar a gente depois de tantos ensaios, as mensagens construíam o silêncio surgindo uma sobre a outra feito tijolos na tela do celular.

Tentei abrir a janela não abre, a frieza artificial do ar--condicionado do ônibus e a lembrança do menino curvado na janela do quarto pensando pensando em quê nunca respondia. A casa era a voz sem voz do menino crescendo, enredo sem samba batida e verso. Nos ensaios a voz do puxador se abre no canto sem fim da multidão e agora a solidão do menino em mim esse corpodecristo indissolúvel no Getsêmani sem saída da boca. Solidão é abismo fundo queda premeditada no olhar. Solidão é estrada em direção ao desencontro é voz sem sinal no canto puxado pelo celular. O corpodecristo extendido no céu da boca feito o menino inerte no jardim, corri para tentar encontrar a respiração abraçando seu corpo o fôlego suspenso no levantar dos olhos até a janela fazendo a trajetória inversa da queda. Não tem grade não tem rede na janela o policial repetia, lamento fizemos tudo o que podia ser feito. Se a janela do ônibus abrisse jogaria longe o celular, o aparelho partido no asfalto feito o menino mensagens estilhaçadas na estrada fotos e *bits* de memória dispersos no silêncio da distância na dor macia dos pneus que nunca descansam.

Raphael Guedes

Chiado

Sempre achei que essa música me pegasse pelo pulmão mas agora ela está entrando pelo fígado, acho que é o fígado, é ali que dói. O fígado, quem diria, onde os *boxers* mais gostam de bater, o pai que dizia *boxer* e não boxeador, o pai e sua prosódia e sua paixão pelo boxe, isso, *boxer* ele dizia, aqueles que gostam de bater no fígado, engraçado, eu que nunca gostei de bater, sempre ignorei qualquer *boxer*, é por lá, bem no fígado, onde a música está entrando. Na minha infância doente, a mãe limpava a sujeira do silêncio com suas valsas e vez ou outra com um Vinícius ou um Strauss, enquanto o pai só colocava um disco e tinha predileção por uma faixa. Tudo isso se alojou no meu pulmão-ouvido, de modo que criei uma ligação natural com todas as músicas que exalavam do toca-disco empoeirado da sala. Nunca entendi o motivo daquele uníssono, de onde vinha tal afeto, aquele samba era simpático demais para o pai. Mas ainda não posso dormir.

Não posso, não faz sentido eu estar aqui estendido, assombrado por tal canção. Só vim por Bonsucesso porque os carros alegóricos ocupavam a Avenida Brasil. Caminho besta esse, o pai que gostava de ir por dentro, ele falava vou por dentro, logo eu imaginava o carro indo por dentro de mim até chegar na minha culpa. Caminho do hospital é que era por dentro, percurso arrogante até meu leito de asmático, eu queria ir por fora, onde tem ar puro, logo eu imaginava o pai gritando com a mãe e dirigindo rápido até chegar lá, vai por fora pai, eu pensava, mas o caminho do hospital era por dentro. Não, ainda não posso dormir, ainda não lembrei de todo o caminho pelo meu dentro, não sei por onde a razão se perdeu para fazer eu me sentir responsável pelas lágrimas da mãe. Por quê? O chiado do meu peito também é música e o silêncio é tão importante quanto qualquer nota. Meu silêncio, pai, neguei a palavra que não podia te dizer. Transformei minha vida em partitura, sinfonia inacabada que imaginei que um dia comporíamos juntos para exorcizar sua cadência única. Continue-a para mim com a tinta da sua experiência, clave de sol a harmonizar nosso mundo. Mas deixe ela sem letra pai, deixe apenas a música cantar porque às vezes a palavra vira faca. Ou melhor, deixe-a como está, estranha e interrompida, sinta seu ritmo, analise a sequência das notas, use-a para conduzir os irmãos, pai. Porque dor é fita regravável.

Lembro de uma vez que você me olhou com orgulho. Foi em um churrasco no sítio do vô, na primeira vez que toquei o violão. Enquanto eu tocava você pegava o espeto, como quem prepara a seringa. A carne fatiada na dose certa, o sangue, tua carne na brasa era o remédio que me dava, prefiro lembrar assim, era teu jeito de me amar. Quando você se inclinava sobre meu peito para ouvir minha vida chiando assustada, sentia mais seu peso que seu carinho. Melhorou, vê se dorme, você dizia. Ainda não posso dormir pai, nem deu tempo para ser tudo que eu quis. Fui fazer música para confirmar que minha alegria é capaz de neutralizar tua vida repleta de acordes menores. A palavra se faz presente ao se confrontar com a ocasião, já a música vagueia plena pelo tempo que eu quiser.

Queria ter fôlego agora e antes, mais antes, para te contar tudo em voz alta, voz de homem. Gritaria alto a solução para tua matemática, transformaria em urro o breve comemorar de um gol do teu time. E então, quando eu falasse baixinho, meu cochicho seria carinho de filho comum. E tudo ia doer menos, bem menos que este fígado que agora aloja bala perdida. Caminho besta esse, pai. Sangrando neste asfalto violento, sinto seu samba latejar. Vem me abraçar, pai, vem agora, porque já entendi que é pelo fígado, vou deixar de tentar respirar sua música e aceitar por onde ela está entrando, tudo bem, vou deixá-la entrar pelo buraco da bala, cair na corrente sanguínea e reverberar pelas minhas veias. Porque agora essa canção, essa justa canção, vai chegar ao meu pulmão para que eu possa gritá-la. E, finalmente, por uma única vez que seja, ela irá sair em vez de entrar, pai.

Fernanda Machado

Desafrodite

Ruiva. Um pôr do sol na fila do maternal.

Ciranda em volta da menina. Os travesseiros dos meninos, cheios dela.

E as fechaduras grandes das portas do casarão sempre ocupadas com olhos e cangotes suados para observá-la.

– Porra, ninguém me atende. Ô Marcel! Marcel, me vê mais uma aí.

Qualquer coisa brilhante, diferente, solar. Flanou até a adolescência, turma do teatro, festas nos tablados, madrugadas, Carnaval de salão, muita bebida, camas, falas e lençóis improvisados. Amor de meninos e meninas, sempre entrelaçada, macramê de gente. Vermelho pulsante que misturava o tempo com sorrisos e fitas coloridas e amigos e línguas e bicos de seios e salivas e gosto de cigarro e roupas amanhecidas e histórias encavaladas que o tempo não decantava.

– Lembra de mim? Rebeca. Rebeca, a ruiva, pimenta, fogo de arder. Ó, vou fazer aquela cara, ó. Ei, vem cá, eu quero falar com você.

De um olhar inchado, resto de ontem, que o charme não largava. A risada saía abraçando os de longe e trazendo para o papo. Todo dia amores na areia da praia. Rainha do mar na cidade que ventava e colava suas roupas no corpo desenhando desejos. O manto ruivo seguia no corpo de quem se deixava cobrir, cócegas na lembrança pelo resto do dia. Observada de um lado ao outro da orla, feito o movimento solar. Lua, maré que todos sentiam.

– Outro canalha! Impressionante como eu fui otária nessa vida. Quantos anos você tem? Vem cá, quero falar com você. Como você se chama mesmo?

Entraram os cabelos brancos cobrindo o sol.

Foi só sendo. A trupe seguiu vida. As falas esquecidas no palco. Aplausos enfraquecidos. As dunas mudaram de lugar na praia. Os carnavais saíram do salão.

No casarão, cortinas floridas sempre fechadas com a mesma estampa da capa dos colchões mofados. Marrom e amarelo vivo nem tanto. Manhãs que nunca mais existiram.

Monólogos de fim de noite para cadeiras de ponta cabeça nos bares. Cheiro de pano sujo e torcido, maresia azeda.

– Porra, o camarim cheio de flor. Flor pra caralho. Flores. Pra que flor? Depois fica a sala cheirando a defunto. Deixa a flor na terra, não é verdade? Você não concorda comigo? Tô falando sério.

Vomitada indiscriminadamente por todos que fizeram parte da sua vida, a culpa era sempre dos outros.

Os goles violentos preenchiam a falta da plateia.

– Onde eles foram parar? Ontem estavam aqui. Ontem sorriam, ontem eu era...era. Que merda! Foi ontem!

Perdeu o natural do ser. A falta de conteúdo constrangia, causando gagueira.

Sentia o raciocínio se despedaçando antes do fim da sentença.

Olhares de reprovação. A culpa era deles também, dos desconhecidos.

– Onde eu fui parar? O que é que fizeram comigo, me diz? Agora eu nem sei mais dançar. Nem sei mais dançar!

Depois colava o rosto no balcão enxergando o mundo assim. O som da banda ao fundo tocando as mesmas marchinhas.

Com o ouvido na madeira do balcão e os olhos na vertical, enxergou um braço ao seu lado. Antebraço forte, pelos loiros e enrolados, queimados do sol. Puxou o ar mais forte para sentir aquele cheiro. Fechava os olhos e transformava o balcão num peito masculino. A areia da praia, os corpos nus. Gemeu.

– Riam, riam para o resto do dia. Por que não riem mais? Sou eu. Alguém pode me reconhecer? Me lamber? Me chupar?

Sem ajuda para levantar, caía. Nunca precisava de ajuda.

E o vaso do banheiro em superclose a sujeira da borda os nomes embaçados na lista de contatos a voz mole demais o tempo cheio de cracas antebraço molhado da bebida derramada no balcão o tropeço a rua a orla vazia areia sem companhia. Desembocou no oceano.

E viu-se a espuma última, formada pelos órgãos genitais de Urano, jogados por Cronos ao mar.

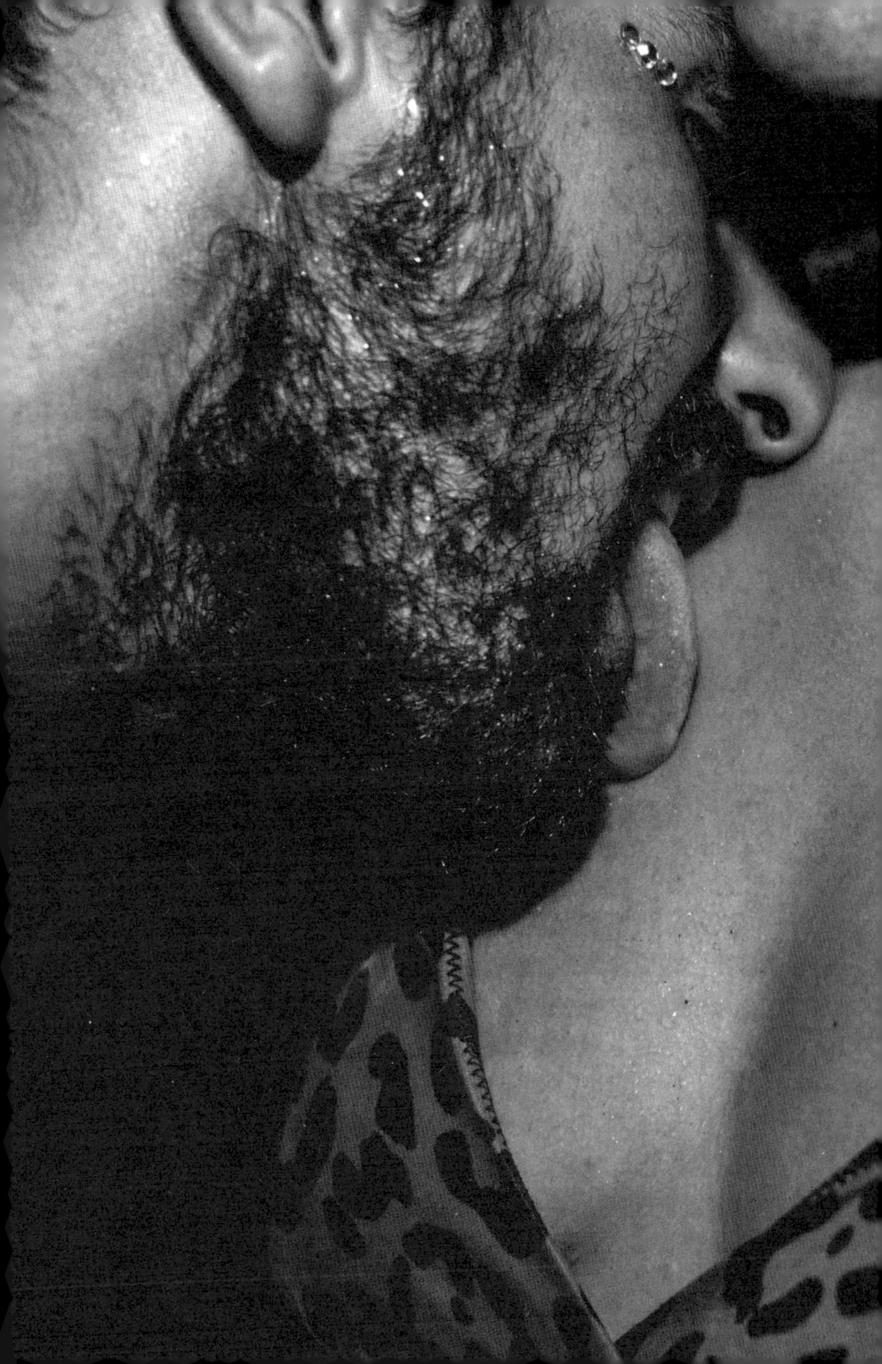

Censura

Pecado Carnaval #6

Vem meu amor, meu herói, meu incrível Hulk, vamos sair do baile e ir para casa, isso, aqui pela direita, você todo careta, sei que é marra, sei que me quer pelada no chão do seu museu. Vamos casar, ter filhos, uma, duas, três crianças viadas, vamos. Me patrulha, amor, acende a vela e goteja em mim tua cera conservadora, gosto dessa coisa velada, me joga na cama do cinismo, me prende na cama, na vida. Me faz de cartilha de educação sexual na sua rede púbica. Vou abordar sua homossexualidade, sei que ela está aí. Vou levar meu kit gay para arrepiar sua ideologia todinha. Capricha na petição oral, que eu engulo sua censura, me chama de pierrófila, me mostra seu movimento quadril livre, me golpeia gostoso, isso mais um golpe, mais outro. Coloca seu filme dentro do meu festival. Depois tira o filme, dá um nozinho e deixa de lado. Vamos rolar gostoso pelo jardim das aflições. Quero você em estado laico, em estado puro. No pós-coito a gente faz uma *selfie* e criamos nossa própria pós-verdade, para ser compartilhada e curtida e compartilhada. Aí você volta pro baile, bloco e finge que não gosta, que é decente, que é contra tudo isso que está aí. Então vai, volta, vai e volta, e depois lá fica que amanhã vai ser outro dia. Tchau, querido.

Júlia Rosemberg

Irrecuperável

Poltrona 42, aquela com cheiro de merda. Cabeça no vidro gelado. No fone entuchado no ouvido, Gal. Meia--noite e quarenta e sete. O meu vizinho vaza e ronca. Os buracos da BR 381 me forçam a travar os joelhos no banco da frente; e o frio, a enfiar os braços por dentro do casaco. Oito horas e, de quebra, mais cinco, pela sexta de Carnaval. Junto saliva e engulo três Dramins.

Cutucada na costela, acordo com a testa no ombro do seboso. Meu queixo babado, minha perna esquerda formiga. Limpo a remela e desço do ônibus, manca. Desvio da fila do banheiro feminino armando o capuz do agasalho da nuca até os olhos. Entro no banheiro dos homens, nojento mas rápido.

No balcão, uma cerveja com gosto de mijo e uma esfirra de calabresa com provolone. Quatro mordidas, quatro goles e volto pro ônibus. Acordo na rodoviária de Ouro Preto.

Trinta e oito graus e a mochila pesa no lombo. Sem óculos escuros, forço as pupilas a uma nesga de olhar. Espero.

A ambulante abre o isopor, três por dez. Espero.

O lusco-fusco me faz andar. Prendo as Havaianas com os dedões dos pés e, com passos colados ao chão, desço a ladeira.

Canecas penduradas no pescoço, *glitter* no rosto e sorrisos exagerados, humanos vestidos de outros humanos gritam, cantam e transbordam. O cheiro ácido, o cansaço e a angústia me fazem arriar. Paro na frente da Igreja Nossa Senhora da Conceição. Fiéis e foliões se espremem na nave. Freira, padre, puta, mulher maravilha, guerreiro espartano, pirata, cleópatra, pedrita e bambam, marilyn monroe, presidiário, hippie, marinheiro, espantalho. Deslizo a mochila pelo braço direito e me enfio entre a eva e o palhaço. Tiro o chinelo, ajoelho, fecho os olhos e trago o ar quente pro pulmão: mendigo a Ele que acabe com tudo, agora.

Bruno Zeni

O Paraíso é um lugar na Terra com você

Nós dois, juntos, mas separados, no mesmo espaço, mas não enlaçados, neste agora, aqui, próximos e reaproximados, mas não sei até quando, em conjunção carnal de espíritos indomáveis. Duas coisas ao mesmo tempo, meu amor e a sua entrega, sua entrega e sua recusa, a recusa e a indeterminação — duais —, meu amor e minha dúvida, minha dádiva e minha culpa.

Acho que sou um privilegiado. Não diria um iluminado, mas alguém que nasceu com algo especial, uma capacidade ímpar, muito minha, que descobri certa vez, vou contar daqui a um pouco.

Dorme, Lena. Dorme, Lana. Dorme, minha Luma, mas ouve.

Você precisa saber e eu preciso contar. Minha história extraordinária, minha história feita por mim mesmo. Finalmente entendi que o meu dom, meu dom de pensar simultaneamente, de conseguir sustentar e desenvolver dois pensamentos simultâneos, esta inteligência fora dos padrões é o dom de pensar em nós dois, pensar com meus próprios pensamentos e também com os seus, uma empatia telepática que prova que fomos feitos e desfeitos um para o outro.

Nem sei como tudo começou, entre nós, e mais que isso, como tudo começou pra mim. Você nunca ouviu a minha história. Vou escrever uma carta. Vou compor um samba. Vou fazer marchinha. Vou escrever memórias, vou criar autoficção, eu sei que você gosta, seus amigos gostam.

Que o mundo continue a correr lá fora. Todo mundo na folia. Cinco dias. Ou mais. A folia. A gente não sabe bem quando começa. Nem quando termina. A gente assiste a tudo daqui, eu conto, mesmo você não ouvindo. Vou ficar com você, o quanto eu puder. Você ainda está aí, ainda me ouve? Não sei se um dia vamos sair dessa, talvez eu morra de amor antes do que eu possa imaginar, em questão de minutos. Talvez você se vá, excitada e apavorada, antes de mim, para o nosso Paraíso, o jardim que cavei para nós, em pensamento.

Eu deixei tudo preparado para quando você acordar. Você me disse que não gostava da luz do sol, que prejudicava a cor da sua tez. Eu mesmo também era uma pessoa reclusa, que não gostava do mundo lá fora. Agora a gente pode ficar aqui pra sempre. Deixa eles pularem lá fora, sambando, suando, cantando.

Eu também vou ficar, *forever*.

Helena, Lena — minha Lana, como eu gostava de chamar você. São tantas. Lalá, Lili, Lila, Lulu. A Luma. Ah, Luma. A Luma paradisíaca das minhas fantasias adolescentes. A fantasia que eu criei pra mim. Se o amor é fantasia, eu vivo eternamente, pleno, ao seu lado.

Quando você disse *Oi, Nando*, eu quase surtei de felicidade. Nome do meu perfil, o nome que eu inventei para me apresentar ao mundo, como um novo eu. Minha estratégia foi infalível, graças à minha capacidade de pensar e pensar, duplamente, duas coisas, pensar no que está acontecendo agora e no que passou, no que está e no que virá, no mundo certo e no mundo de pernas pro ar, e você caiu na minha, e eu vou te contar como tudo aconteceu. Doravante é história. Não sei por onde começar. "Doravante", que palavra!

O mais importante foi ter te descoberto, ter te seguido, com paciência, perseverança e muita devoção. A gente tem que lutar pelo que a gente quer. A vida é uma só, e a gente tem que fazer dela o nosso Paraíso na Terra, como diz a música da musa, Lana, que eu amo, como eu também te amo, Lena, meu amor. Você também, minha Luma, Helena atemporal, meu amor para sempre. Você ouviria minha história se não estivesse caída por mim? Se estivesse acordada, ciente e ciosa do que estou fazendo agora, contando e construindo e na verdade finalizando a história que eu inventei pra mim, pra nós, graças ao meu dom, meu talento e meu feito?

Eu tenho esse dom: o pensamento dividido. O avesso e o direito. O Carnaval e a Quaresma, o ócio e o ódio, a folia e a melancolia, o amor e a guerra. Não, melhor, mais que isso: consigo controlar e desenvolver meus raciocínios contíguos, duas linhas de pensamento em paralelo, que não se misturam, correm em pistas independentes e me permitem otimizar tempo e imaginação. Enquanto falo, penso em outra coisa, quando olho pra você, caída aqui na minha frente, penso na sua beleza e já pressinto o que estou prestes a fazer, vejo você inteira e aos pedaços, vejo você dormir, em paz, fantasia caída de lado, você desmontada, e sinto já o calor do seu corpo, eu tocando você inteira, segurando suas mãos, suas pernas e tudo o mais, o desenho dos dedos dos seus pés, sua nuca, seu nariz afilado, sua pele de névoa, sinto sua alma aberta e seu sangue quente. E ao mesmo tempo eu penso em mim, como eu cheguei, doentio e dianteiro, digladiando com os obstáculos, refazendo meus pedaços, até aqui.

Pensar em duas coisas simultâneas. Sempre fui bom nisso. Mas eu só fui explorar ao máximo essa performance quando comecei a trabalhar na empresa de telemarketing. Sim, você não sabe disso, minha paixão e meu engulho, mas eu vou contar. Isso não está no meu currículo, porque não vale nada, não está no meu perfil, porque pega mal, então eu não conto para todo mundo, mas vou contar para você, aqui.

Eu conto como comecei a trabalhar. Sei que é um papo chato pra você que tem tanto assunto: música, pintura, arte, letras, moda. Mas é trabalho. É como eu construí a minha identidade. Foi assim, foi com muito trabalho e graças ao meu trabalho. Muito cedo. Eu sou o mais novo.

Meus pais e meus irmãos nunca me entenderam. Não acreditavam que eu seria algo na vida. Nunca fui bom aluno. Escola pública, vadiagem, matação de aula, futebol de rua, televisão à tarde e patifaria no centro.

Sempre gostei de escrever, antes do computador. Eu escrevia um diário, onde anotava o que tinha feito. Minha vida dupla, os dias e o diário. Eu tinha o meu caderno. Eu queria uma máquina de escrever elétrica, mas lá em casa não tinham dinheiro. Máquina velha daquelas de tecla e fita já nem existia. Depois veio o computador, demorou. A primeira vez que usei foi na casa de um colega, amigo de escola onde eu também jogava videogame. E eu tinha jeito pra isso, gostava dos jogos de aventura, de luta e de histórias. Foi por isso que entrei na faculdade de computação, por isso e por causa do pensamento duplo, binário. O pensamento duplo me fez ter a certeza da minha vocação.

Não, eu não sou designer como eu disse pra você. Não, eu não trabalho com programação visual. Não, minha Lena, Lana, minha Luma, Helena *forever*, meu engulho de pele de névoa. Designer é só a minha fantasia. Eu sou programador de informação. Primeiro, técnico em informática e, depois, sim, eu fiz faculdade, eu venci, eu cheguei lá.

Graças ao meu talento, ao meu pensamento duplo, trabalhava de dia, estudava à noite, e na madrugada eu sonhava, fazia a síntese imaginativa, minha neura e minha fuga. Eu imaginava a mulher que eu sempre quis. Não era você ainda, minha Lena, Helena, minha Luma, minha bruma, minha ninfa, minha deusa, minha deidade deitada aqui comigo.

Nas madrugadas, em casa, eu sonhava com a mina perfeita. Eram sonhos tão intensos, que revista nenhuma, filme, desfile, *reality* ou qualquer programa de TV podia rivalizar com a minha imaginação, com minha fantasia de grandeza. Eram sempre duas comigo, nem sempre juntas, mas eu pensava em duas ao mesmo tempo. Era a Luma e outra Luma, Luma e uma cópia de segurança da Luma.

Eu colecionava revistas e fazia recortes e os colocava nos meus cadernos, diários do meu desejo, minha coleção dos sonhos. Isso foi quando eu ainda era adolescente, era a minha fase imatura, quando eu ainda não sabia o que fazer com o pensamento duplo. Depois, eu descobri, eu intuí, eu dividi meus planos, eu planejei meus projetos, sempre em dobro, sempre algo a ocultar.

Eu precisava de dinheiro, eu precisava sair da casa dos meus pais, pai e mãe, dupla tormenta, inferno caseiro, gente sem jeito. Eu precisava me livrar das limitações carolas daqueles dois, da trindade, do pai, do filho, do espírito santo e de toda a ignorância, eu precisava viver minha vida a dois. Eu precisava de um computador, uma conexão boa, uma vida conectada no mundo e não apenas naquele círculo restrito da vida em família, igreja e irmãos, primos e vizinhos, num bairro distante. Eu queria o centro da cidade, faculdade, computador, estudos, trabalho, gente que não era gente como a gente, gente de fora, novos amigos, ampliar os horizontes. Meu amigo de videogame era o meu único amigo. Meus irmãos, mais velhos, estavam casando, meus pais envelhecendo, eu queria ir embora.

Meu primeiro trabalho foi de atendente de telemarketing. Não está na minha página, claro. Mas agora vai estar. Depois que eu fizer o que eu tenho pra fazer com você, quando a folia acabar, vou contar tudo. Atualizar o meu perfil, corrigindo, eliminando toda duplicidade, todo engano. Vai ser o verdadeiro eu revelado. No fim.

É que você, Lena, minha Luma, não me conhece totalmente. Não sou Nando Fibonacci, como consta na minha página pessoal, no meu perfil nas redes. Você não conhece meu outro lado, meu lado verdadeiro, sem fantasia. Eu sou dois, sou eu e sou o Nando Fibonacci que você ama. O computador me libertou, possibilitou ser quem eu nunca pensei que poderia vir a ser, permanecendo eu mesmo, virando dois, eu e o Nando, o designer e o programador, o esteta e o estrategista, o rei e o mendigo, um rei momo, magro e triste.

Saí de casa, deixei tudo para trás, um dia. Discuti com um, com outro. Meu pai me queria soldado, minha mãe me queria não sei, qualquer coisa, mas menino direito, correto, e eu pensando em diabruras, em carnavais, em mundos virados. Meus pais, nunca entendi, nem quis, nem vou querer, nunca mais. Ignorância e pouca ambição, apego e correção. Naquela época, meus irmãos já tinham ido, tinham feito família em suas casas. Eu queria ir embora. Pensei em ir para fora do país, mas para alguém como eu, meio claro, meio escuro, sem procedência, sem renda, sem posses, sem esposa e sem profissão, não iam deixar. Eu podia ir para a América Latina, de moto, mas eu não queria. Podia ir para o Sul, para o Mato Grosso, para a Bahia, mas eu não queria. Eu queria a América, o Canadá, a Espanha, a Alemanha, a Holanda, a Austrália. Eu queria você e não sabia.

Percebo que você não vai acordar mais.

Errei na dose. Na bebida que servi, terei colocado pó demais? Dose dupla, como meus pensamentos? Vou ter que passar ao segundo passo, consecutivo, não simultâneo. Passo duplo. *Paso doble.* Você se foi, fiquei só eu. Eu sempre só, mais uma vez, como sempre, terei de atravessar essa folia sozinho, ouvindo os batuques e repiques que vêm lá de fora.

Morei em pensão. Morei só. Morei mal. Morei feito bicho, em quarto de nada, sem banheiro, sem TV, sem telefone. Sumi no mundo. Mas eu estava perto. É que ninguém pensou em me procurar. Por isso eu gosto deste apê aqui. Vou falando e tratando você, você me diz se sente algo. Gosto daqui. É pequeno, escuro, central e sem janelas. Que bom que você gostou. Não dói, eu sabia que não doeria nada. A vitrola eu comprei pensando em você. Pra não ter que ouvir o samba lá de fora, nosso Carnaval é aqui dentro. Os discos foram baratinhos. Os pratos. Os garfos. As facas. Os cartazes na parede eu mandei imprimir, pra cobrir as marcas de infiltração. Rock inglês, *nouvelle vague*, tapas de cozinha espanhola, design holandês. Eu vi na sua página e na dos seus amigos, vasculhei tudo.

Antes, eu me apaixonei pelas suas fotos. São autorretratos, você disse, quando a gente começou a conversar. Vou cortar tudo, depois que eu terminar de cortar você. Mas antes. Antes eu tive que te conquistar. E antes. Antes eu tive que te achar e decidir que era você, Helena atemporal, Lena, minha Lana, Luma paradisíaca.

Eu arrumei trabalho de segurança. Você dá risada. Daria. Mas é verdade, eu era vigia, porteiro de prédio. Não precisava ser muito forte, bastava ser meio escuro, que já era meio caminho andado. Mas eu não era bobo, fiz amizade com todo mundo. No começo ninguém queria saber de mim, ninguém olhava. Mas aos poucos peguei amizade com motoqueiros, com os clientes, com os colaboradores da firma, gente fina, que ia lá e eu já sabia o nome, porque eu escutava. Depois consegui outras ocupações: contínuo, depois recepcionista, depois gerente, navegante, pesquisador de rede social, *stalker* de rede social, atirador de elite de rede social, *serial* de rede social.

Posso sentir o que passa pela sua cabeça neste exato momento, sua cabeça sem vida, adormecida para sempre pelos meus cuidados. E entendo que você esteja tomada de paixão e loucura, de raiva e temor, de espanto e ódio, de amor e desespero, o espírito vive para além da carne. Eu também, eu também sinto que nossos sentimentos se tocam. Eu penso por mim e por você, que já se foi.

Mal posso acreditar que tenho você, inteira e cada pedacinho seu, aqui comigo. Nosso Paraíso na Terra. Eu e você, você e este que escreve, sozinhos, realizando o sonho de paixão que eu criei e realizei, contra todas as previsões. Ter você em meus braços, caída por mim, sentindo seu corpo, o sopro da sua boca, a respiração lenta e suave, o sopro da sua inspiração, sua poesia falada, seu interior todo para mim, minha musa, minha deidade, meu lume, Helena *forever*, Lena, Lana, minha Luma paradisíaca.

Fico emocionado, agora que finalmente consegui trazer você de novo para mim, e poder ficar te olhando, admirando, desfrutando de todos os seus contornos, que tenho vontade de atacar, mas vou ficar aqui sentado, no computador, atualizando a história que estou escrevendo, enquanto olho pra você dormir e penso na loucura de amor que eu vou fazer com você, quando você acordar, se você acordar, quando a folia se acabar.

A coisa mais linda é ver você de olhos fechados. Você adormecida, toda minha, corpo solto no meu chão, no meu quarto, no meu apartamento. Eu te olhando, e poderia ficar aqui, contemplando os seus pedaços, sua boca, seus pés, os braços e mãos, sua pele cor de névoa. Vou fazer fotos para colocar nas redes. Para eternizar você e eu, *forever*. Depois que eu partir também.

Agora, preciso apenas de um pedaço de chão para cavar, juntar seus pedaços, jogar tudo lá dentro, me despedir. O Paraíso é um lugar na Terra com você. Mas infelizmente, pelo jeito, você vai primeiro, já foi, a terra há de comer. Vão ficar as fotos, outra você, nas redes, vou publicar. Uma na terra, outra nas redes. No chão e no ar.

Então vou cavar, enterrar você, meu tesouro, mas sem mapa, pra ninguém achar. Depois, daqui um tempo, escrevo uma carta, conto tudo e peço para me colocarem junto com você, nesse Paraíso fundo que construí para nós dois, duplamente.

VOTE 21
PEDRO LADEIRA

Com-vergonhice

Pecado Carnaval #7

No último Carnaval, Zé Gonça vendeu sua alma ao Diabo. A princípio queria trocá-la por ficar craque no cavaco, mas o Tinhoso não quis fazer negócio com instrumento de quatro cordas. *Só trabalho com guitarra*, reforçou. Apaixonadão, Zé Gonça acabou pedindo que ele agilizasse a Neide, de Realengo. Doze meses depois, na mesma quarta-feira de cinzas, lá estava ele na encruzilhada esperando o coisa ruim.

– Ô, seu Diabo. Tô de volta.

– Qual é desta vez?

– Pô, negociamos minha alma no Carnaval passado e o senhor...

– Peraí! O Senhor não sou eu...

– Foi mal. Tu ficou de me agilizar a Neide, lá de Realengo. E até agora nada.

– Como você chama mesmo?

– José Gonçalves Pinto. Mas pode chamar de Zé Gonça.

O Diabo respirou fundo e disse: – Zé Gonça, o inferno não tem SAC, mas vamos lá. Todo samba que você foi nesse último ano eu coloquei a Neide lá. Até aquele no Irajá que nenhuma amiga dela queria ir, fiquei no ouvidinho da donzela até ela resolver dar as caras. Então não me venha com esse papinho.

– Mas a parada é exatamente essa. Vendi minha alma porque tenho vergonha de falar com ela. A mulher tem pavio curto, tá toda famosa, participou do clipe da Anitta...

– Com alma envergonhada fica difícil trabalhar.

– Como é que a gente pode resolver isso, seu Diabo?

– Zé Gonça, ainda quer ficar fera no cavaco?

Eduardo Guimarães

Os detalhes são a casa do diabo

– Esta história se passou no último Carnaval. Eu estava num bloco de carnaval descendo a Rua Augusta quando...

– Como você chegou até o bloco?

– Eu fui de metrô. Ao sair da estação...

– Conte os preparativos. Conte como você se arrumou antes de sair de casa. Como foi o seu banho?

– Tomei meu banho como geralmente faço todos os dias. Fechei a torneira de água quente e deixei escorrer uma fria ducha sobre minha cabeça. Costumo ficar arrepiado quando sinto aquele gélido riacho descendo através de minha nuca e de minha coluna, desaguando por entre, por entre...

– Por onde?

– Por entre aquele vale que eu tanto me envaidecia. Comecei a ficar arrepiado, eletrizado! Acelerei minha respiração. Fiquei ofegante, até o ponto em que havia me retirado plenamente de minha zona de conforto.

– Você queria sair de sua zona de conforto?

– Sim. Conforto era justamente o que eu não queria. Eu era um homem de 27 anos que havia nascido em uma família de moral excessivamente rigorosa, o que me levou a renunciar, durante muito tempo, ao prazer libidinoso. Nunca me dediquei à oração, à leitura dos textos, à comunhão religiosa, mas eu me obrigava a preservar determinados comportamentos para não desagradar meus pais. Aparências, somente aparências...

– Então, as aparências são uma preocupação para você? Elas não dizem nada sobre quem você é?

– Há momentos em que a aparência de um homem é a sua própria essência. Por exemplo, depois de me secar, fui para a frente do espelho. Fiz a minha barba. Alguns amigos me diziam que eu devia mantê-la, pois era contínua, sem falhas, mas eu não queria uma vida sem falhas, sem cortes. E o mais importante: a barba feita agradava a um número e a uma variedade maior de pretendentes. Eu sabia onde ia começar, mas não sabia onde ia terminar. Depois de me arrumar...

– E como você se arrumou?

– Você está perguntando o que eu usei?

– Sim, sim, prossiga.

– Depois de terminar de fazer a barba e de pentear o meu cabelo, peguei o lápis e comecei a desenhar o contorno de meus olhos. Nem muito, nem pouco. Na medida. Peguei um pouco de purpurina e salpiquei em meu rosto. Fui, então, me vestir e sair de casa.

– Purpurina?

– Sim.

– Queria chamar atenção, não é? Com certeza chamaria atenção. E como você se vestiu?

– Vesti uma camisa florida e uma bermuda clara. Deixei a camisa aberta até o peito. Fui novamente para diante do espelho. Pronto!

– Pronto para o quê? Fale, fale.

– Eu estava pronto para celebrar minha verdadeira religião, o Carnaval; venerar minha verdadeira divindade, o sexo; exercer minha mais profunda castidade, abster-me da hipocrisia. Mais uma vez, eu ia descer a Augusta.

– Descer a Augusta? Estou entendendo. Conheço essa expressão. Ela sempre evoca os prazeres da carne... Você foi sozinho?

– Não. Encontrei meus dois amigos na saída da estação Consolação do metrô. Fomos até a Augusta nos reunir ao bloco carnavalesco que já começava sua peregrinação por aquele caminho que considerávamos sagrado. Compramos algumas cervejas. Brindamos com um largo sorriso no rosto! Começamos a descer a Augusta.

– Vocês deviam estar muito felizes...

– Sim, estávamos. No fim do bloco...

– Calma, calma. Conte como estava a música, como foi essa peregrinação. Conte as minúcias. Elas são as mais importantes!

– As minúcias? São tão importantes assim?

– Continue.

– A gente achou que a sequência de músicas estava sensacional. Pulávamos, dançávamos, celebrávamos. Para tornar aquela peregrinação mais interessante, um de meus amigos, o Rogério, acendeu um beck e deu uma longa tragada.

– Vocês queriam ter a melhor experiência de suas vidas, não é?

– É... sim...

– E por que você não tragou?

– Eu traguei. O Rogério compartilhou com todos nós.

– E como foi que você tragou?

– Quando chegou a minha vez, dei uma longa tragada e, antes que eu expirasse a fumaça, puxei o Rogério e lhe dei um beijo. Era a minha vez de compartilhar. Rogério sempre beijou muito bem. Com beck, então...

– E sua amiga, não ficou com ciúmes?

– Não. Depois que larguei o Rogério, me aproximei da Lívia. Ela me puxou pela cintura de encontro ao seu corpo já um pouco suado. Olhava fixamente os meus olhos, abria um largo sorriso no rosto, balançava suavemente aqueles quadris, me pressionando sem parar. Foi ao meu pescoço e me lambeu. Voltou a olhar para mim, antes de continuar dançando solitariamente. No fim do bloco...

– Conte mais, conte mais. Como você estava?

– Eu estava inebriado! Dançava, pulava, rodopiava. Eu me envolvia com meus amigos, me misturava aos desconhecidos, me perdia nesse festival para, finalmente, reencontrar minha natureza bendita. Uma, duas, três, inúmeras vezes me reunia a alguns foliões para nos beijar e nos pegar.

– Alguns foliões? Quantos exatamente?

– Três, quatros, cinco, oito homens ao meu redor! Já não sabia mais quem eu beijava, quem me abraçava, quem apertava a minha bunda.

– Uma verdadeira suruba!

– Acho que sim... Já eram quase 19h. Eu e meus amigos nos olhamos. Estava na hora de irmos para um local mais reservado. Fomos para um motel situado ali no Baixo Augusta.

– Somente vocês três? Tem certeza de que não entrou mais ninguém?

– Somente nós três. Sério. Foi então que a gente fez a suruba.

– E como foi essa suruba?

– [...]

– Vamos. Conte.

– Devo contar como aconteceu?

– Isso é fundamental!

– Está bem. Fui o primeiro a entrar. Rogério veio logo atrás e me enlaçou na cintura. Começou a me beijar no pescoço, atravessando toda a nuca. Eu suspirava com o deslizamento de sua língua úmida. Comecei a ficar mais excitado e meu, e meu...

– Pau?

– Isso. Meu pau começou a endurecer. Rogério logo percebeu e enfiou sua mão dentro de minha bermuda, massageando meu pau. Lívia veio até minha frente. Tirou a minha camisa e começou a beijar meu peito, descendo vagarosamente até meu abdômen. Sem descolar a língua de minha pele, desabotoou minha bermuda, abriu o zíper e, num único movimento, me deixou completamente nu. Meu pau foi todo envolvido pelos seus lábios carnudos. Comecei a gemer. Não demorou para Rogério tirar sua roupa e começar a esfregar seu pau em minha bunda, movimento que ele sempre gostou de fazer. Enquanto Lívia me chupava, Rogério umedeceu na boca os dedos de sua mão e passou no meu cu. Logo depois, bem lentamente, me penetrou.

– Então, você era chupado ao mesmo tempo em que era penetrado. E depois?

– Bem, os movimentos de Rogério começaram a ficar mais intensos, cada vez mais intensos. Lívia acelerou seu movimento com a boca e com as mãos. Ela sempre gostou disso. Gostava de ser penetrada, mas seu desejo estava concentrado principalmente em chupar. Estávamos nós três em sintonia. Movimentos cada vez mais acelerados, cada vez mais intensos. Ao perceber que Rogério estava quase gozando, eu ejaculei na boca de Lívia, que começou a gemer de prazer. E logo em seguida foi a vez de Rogério. Caímos extasiados no chão. Estávamos banhados em suor. Havíamos alcançado o... o...

– Paraíso?

– É... Pelo menos, era assim que eu pensava.

– E não transaram mais nenhuma vez?

– Não... Não. Estávamos satisfeitos.

– Humm, entendi. E você nunca mais os viu?

– Desde que vim para cá, não.

Toda a plateia, inclusive o pastor, estava em torpor espiritual. Aquele relato passou a ser repetido em todos os retiros espirituais seguintes que foram realizados durante o Carnaval. O regozijo era geral. Os ouvintes sempre escutavam com muita atenção, interessados no exemplo do derramamento do perdão sobre o pecador, e chegavam a comparecer mais de uma vez, no mesmo retiro, para escutar aquele relato de testemunho, de redenção, de êxtase.

Fernanda Machado

Sete pecados dionisíacos

Creio em deus Baco, todo poderoso
Na ebriedade, condição única de milagres
Creio na troca de fluidos
Sob teu manto, tudo posso
Faça da reza, o canto desafinado
Do pensamento, o gozo
Do desequilíbrio, minha arte
Que se desnude este Carnaval como forma de graça a ti
Empunho tua taça, distribuo teu suor, visto tuas heras
Tens em mim, uma devota de sua inqualificável desordem
Conceda-me toda a beleza desta data festiva
Feia é a solidão

1 – Da traição com Morfeu

Me perdoa aí, mano Baco, porque pequei. Queimei a largada, fiquei no quiosque da orla banhada em cevada sem gente e sem samba. Perdi o bloco das sete da manhã. Não acordei. *Mea culpa*.

Mas tu sabe que eu sou batalhadora, não é sempre. Durmo tarde, acordo cedo, bebo bem, como pouco. Tudo como o senhor manda. Por isso venho agradecer a graça alcançada. Obrigada por me conceder a visão do outro lado da praça, uma roda de samba com banheiro limpo e gente boa de beijar.

Cultuei o corpo de um, de outra. Mas isso foi até conhecer o Gervásio. E eu que sempre odiei palhaços fiquei imaginando que cabiam dois naquela calça. Gervásio veio dançar na minha boca com gosto de catuaba. Tom de pele que encheu minha cabeça daqueles glorificantes atos que você tanto gosta, Baco. Tiveste uma vista para eu e o Gervásio na calçada do bar, ó rei de todos os prazeres? Beijei até a boca esfolar. Aceite esta humilde penitência como prova de meu afeto.

2 – Da falta de adereços

Colchão no chão, Gervásio, quarenta graus e dois corpos colados.

Ai, mais, sim, vinte e quatro, vinte e cinco, vinte e seis. Baquito, perdão, esqueci. Ia passar em casa para pegar a fantasia mas a saideira que o senhor mesmo enviou, me desviou do caminho e me trouxe direto pra cá. Trinta e um, *mea culpa*, trinta e dois. Delícia de punição.

3 – Do ritmo interrompido

Toma aí esta garrafa de vinho para te acalmar, Baco, *dio mio*. Toda sua, só abri para provar.

Ensaiei, ensaiei bem. Toda terça. Ensaio e cerveja. E bronca dos mestres da bateria. E cerveja.

Toma cerveja você também, não? Ou só vinho?

Mas o fato foi que eu estava ali, na fé e na devoção, mensageira de ritmos entorpecedores, baqueta, mão, baqueta, mão, baqueta. E comecei a olhar as pessoas do outro lado da corda que separa os músicos. Uma leitura labial da letra colava na outra. Eu ia com o olhar de cabeça em cabeça, de boca em boca. Cheguei na boca dele. Perdi a virada do surdo. Minha máxima culpa. Depois o perdi.

Encontrei o mestre com aquele olhar de quem enxerga uma ovelha fora do rebanho.

Sem fantasia, sem ritmo, doei meu surdo para um folião mais afinado e saí do bloco, seguindo errante entre os fiéis, rezando para encontrar o Gervásio.

4 – Da energia desperdiçada

Pequei de novo, foi mal. Com as mãos lambuzadas de óleo de arnica e essência de bétula, totalmente sóbria e o som do Carnaval entrando pela janela, lá estava eu, Baco amigo. Atendendo um cliente em pleno Carnaval. Não trabalharás na farra, tu me disseste, eu sei. Mas as costas do percursionista travaram e ele me prometeu uma grana extra. Mais catuaba garantida, pensava, enquanto meus dedos passeavam pelos ossos evidentes da sua omoplata. Tirava os nós dançando com a alma. Minhas mãos foram esquentando mais. Multipliquei os restos de purpurina grudados na sua pele e ela dourou inteira. O mesmo pantone do Gervásio. E me demorei um pouco mais do que devia na gordurinha lateral acima da sua cintura. Finalizei a massagem com batidas em suas costas como se elas fossem o couro surrado do surdo que eu abandonei.

Pequei, senhor, mas me redimo. Desejei profundamente meu cliente que foi embora me convidando para vê-lo tocar.

5 – De negar a abundância festiva

Bora! Eu disse a ele, enfiando o dinheiro da massagem no *body*. Heras e serpentes envoltas na cabeça, bacante de corpo e alma, devotadamente, adorando toda a graça da homofagia, inebriada com o aroma da selvagem. Como oferenda a ti, troquei carícias com ele e sua namorada que me agradeceu com a língua nas minhas costas por ter curado o seu músico no Carnaval. Mas no meio daquele bacanal em sua homenagem passou Gervásio. Continuei arrependida, confesso. Dei mais dois grandes goles pra finalizar a catuaba e segui arrastando a fantasia no cortejo, sem fé nem libido, como se fosse pecado.

6 – Do esquecimento de um desfrute

Tanta crença no Carnaval, tanta saliva, tantos braços e chicletes e roupas coladas no corpo pra quê, senhor? Me diz? Se eu não lembro de nada. Não sei como voltei para casa, perdi meu casal, meu celular, o dinheiro da massagem. Dê que vale tanto empenho, tanta devoção se minha cabeça só sente a dor e não lembra o milagre que me foi concedido?

Caro Baco, tomarei uma para esquecer que esqueci.

7 – De amar Gervásio.

Que a festa continue sem mim, que não sou digna de tão doce libidinagem.

Término
o periodo escolar
em dias úteis
das 6:30 às 19:00h
Permitido apenas
embarque e
desembarque
Pisca Alerta Ligado
Max. 5 min.

Autores

Alexandre Tovaritch é nascido em São Paulo, intrigado pela vivência e experiência humana, publica contos, poesias e fotografias em seu *blog* pessoal.

André Zamboni é escritor, editor de livros e jornalista científico, com passagens pelas editoras Ática, Scipione e SM. Cursou a Oficina de Escrita Criativa, com Luiz Antonio de Assis Brasil, em São Paulo. Teve contos publicados em coletâneas do Salão do Humor de Piracicaba e na obra *Amores carnavais*, pela Editora Laranja Original. Natural de Pedreira, no interior paulista, hoje vive em São Paulo, capital.

Bruno Zeni nasceu em Curitiba, em 1975, e vive em São Paulo há mais de vinte anos. É escritor, professor e editor, não necessariamente nessa ordem. Publicou, entre outros livros, *Corpo a corpo com o concreto* [Azougue, 2009], *Você é minha notícia secreta* [Quelônio, 2014] e *Sinuca de malandro: Ficção e autobiografia em João Antônio* [Edusp, 2016].

Eduardo Guimarães é historiador, filósofo e um aprendiz da psicanálise. Estreou no mundo literário em coautoria na coletânea *Amores carnavais*, mas sua primeira obra autoral chegou depois: *A morte e o silêncio*. Admite ser um amante da palavra e escritor *naïf*.

Fernanda Machado é redatora, roteirista e escritora. Faz parte do grupo Djalma. tem contos publicados nos livros *Amores Carnavais* e *Orelhas*. Continua em busca do seu *blog* Palomices, que sumiu na internet.

Guilherme Figueira, de 33 anos, é escritor, redator publicitário, Botafoguense, pai do Caetano, e neto de Baiana da Portela.

Júlia Rosemberg nasceu no inverno de setenta e oito, é psicóloga no diploma e corintiana na alma. Tem milhares de pintas no corpo, três tatuagens nas costas e uma filha linda que se chama Antônia. Já fez muita coisa na vida e hoje adora ter preguiça de quase tudo.

Luis Vassallo é paulistano, nascido em 1975, e atua como designer gráfico. Publicou os livros *À beira do lar* (contos), *A grande viagem do conhecimento* (juvenil), ambos pelo Selo Off Flip, e *O livro das portas* (infantil), pela Editora Patuá. Seu primeiro livro possui contos premiados em alguns concursos literários.

Natalia Timerman é psiquiatra, mestre em psicologia e escritora. Tem contos publicados em antologias e revistas e é autora de *Desterros – histórias de um hospital-prisão* (Editora Elefante, 2017).

Raphael Guedes estudou literatura na Universidade de São Paulo e na University of Arts London, trabalhou em festivais literários como Flip, Bienal do Livro e Tarrafa Literária, e é fundador e organizador do Bloco Casa Comigo.

Tatiana Filinto nasceu em São Paulo em 1973. Publicou três livros infantis pela Editora Peirópolis: *A menor ilha do mundo* (2010, ilustrações de Graziella Mattar); *Vestido de menina* (2011, ilustrações de Anna Cunha); *Não falta nada* (2016, ilustrações de Rodrigo Visca) e alguns contos no livro *Orelhas* (2017, Editora do Autor). Trabalha também como psicanalista atendendo adolescentes, adultos e crianças.

Fotógrafas

Ana Carvalho é balzaquiana de Campinas e se fez carioca há 8 anos. Com pós-graduação em Fotografia e Imagem na IUPERJ/UCAM, teve uma de suas fotos classificada no *Fifth Annual Exposure Awards (See Me)*, promovido pelo Museu do Louvre em Paris, em 2015. Além de fotógrafa, atua como produtora, figurinista e desenhista. Entre seus projetos pessoais, aventura--se desde 2013 a registrar manifestações populares e culturais de rua, sendo o Carnaval a maior delas.

Bel Acosta nasceu no Rio de Janeiro e foi criada em meio a pinturas por causa da influência e do trabalho de sua mãe, artista plástica. Começou a se interessar por fotografia em 2007 e foi assistente do fotógrafo Ernani D'Almeida. Em 2012, assumiu que a fotografia falava mais alto em sua vida e começou a fazer dela sua profissão. Desde então, vem desenvolvendo uma linguagem autoral, aperfeiçoando-a com cursos de aprofundamento. Temas como o feminino, o natural, o espiritual e a crítica social são constantes em seu trabalho.

Érica Modesto é carioca, mangueirense e fotógrafa. Apaixonada por Carnaval, vem documentando a folia das ruas, dos bailes e da Sapucaí desde 2009. É sócia da Pasárgada Comunicação.

Coordenação editorial	Bruno Zeni
Concepção e organização	Raphael Guedes
Edição	Luis Vassallo
Revisão	Patrícia Jatobá
Capa, projeto gráfico e diagramação	Luis Vassallo

Texto revisado segundo o novo Acordo Ortográfico da Língua Portuguesa.

Dados Internacionais de Catalogação na Publicação (CIP)
(Laura Emilia da Silva Siqueira CRB 8-8127)

Pecados carnavais: contos sobre a folia / Raphael Guedes (organizador) ; projeto gráfico, Luis Vassalo.
1ª ed. – São Paulo: Carapaça : 2018.
160 p. ; 13 x 18 cm.

Vários autores.

ISBN 978-85-93229-25-1

1. Ficção: Literatura brasileira 2. Literatura brasileira: contos I. Guedes, Raphael II. Vassalo, Luis.

CDU 821.134.3(81) CDD 869.93

Índices para catálogo sistemático:

1. Ficção: Literatura brasileira
2. Literatura brasileira: contos 869.93

Créditos das fotos: Ana Carvalho: páginas 8-9, 12-13, 57, 73, 77, 113, 134-135
Bel Acosta: páginas 1, 6-7, 17, 36-37, 41, 52-53, 94-95, 99, 117, 139
Érica Modesto: páginas 11, 155, 160

Autoria dos textos da série "pecados carnavais": Raphael Guedes, com exceção do texto "Autoritarismo", de autoria de Luis Vassallo.

Fontes: Conduit e Formata | Papel: Chambril Avena LD soft 90 g/m²
Impressão: Gráfica Bartira | Tiragem: 500 exemplares

CARAPAÇA